New Lendt Berlin

Caro Sand

NEW LENDT BERLIN

ADRIAN

Sie machen es mir zu leicht, dachte Adrian.

In längst vergangenen Tagen war es jedes Mal aufs Neue ein wahres Abenteuer gewesen. Listig wie ein Fuchs musste er sein, leichtfüßig und geschmeidig wie eine Katze, präzise und erbarmungslos wie ein Raubvogel.

Er sehnte sich nach diesen aufregenden alten Zeiten. Zeiten, in denen er sich beweisen musste, auf Ebenbürtige traf. Er liebte es, sich messen zu müssen, als Sieger hervorzugehen.

Doch die Menschen schienen sich gewandelt zu haben. Auf *streitbare Hüter*, wie er sie nannte, traf er immer seltener. Sein letzter Kontakt lag gefühlt über ein halbes Jahrhundert zurück.

Menschen wurden im Fluss der Zeit träger und unaufmerksamer. Es schien nicht mehr lebensnotwendig zu sein, sein inneres Auge für mögliche Gefahren auszusenden. Adrian war es ein Rätsel. Wusste er doch, dass der gefährlichste Feind des Menschen der Mensch selbst war. Wie viele Jahre seiner harten Ausbildung waren der Schulung des Instinkts und der Fühlungnahme möglicher Bedrohungen gewidmet gewesen?

Über die Jahrhunderte hinweg beobachtete er, wie die zwei überschaubaren Städte Berlin und Cölln, zu beiden Seiten der Spree gelegen, zu einer Metropole verschmolzen, die beständig weiter wuchs. Sie schien wie ein Magnet auf die Menschen zu wirken und immer mehr von ihnen anzuziehen. Für Adrian tat sich hierdurch eine nie versiegende Quelle auf.

Er hatte akzeptieren müssen, dass sich die Welt in einem extremen Wandel befand, und er hatte gelernt, sich anzupassen. Doch viele Veränderungen erschienen ihm wie Hexenwerk. Vor allem, wie es den Menschen gelungen war, sich in die Luft zu erheben, blieb ihm ein Rätsel.

In den Alltag der Menschen hatten Apparate Einzug gehalten. Gerätschaften und Maschinen nahmen einen stetig zunehmenden Stellenwert ein. Im Gegenzug büßten die Menschen ihre natürlichen Fähigkeiten ein. Sie waren stumpf und passiv geworden. Diese Entwicklung bestätigte ihn umso mehr in seiner Aufgabe.

Ja! Sie hatten alles richtig gemacht.

Und ja, er würde alles dafür geben, es zu verteidigen und zu erhalten!

LIV

»Here you go! Here is your change. Have a nice day! Bye!« Liv strahlte und reichte einem Engländer in Tweedsakko sein Wechselgeld. Es war ihr immer eine Freude, auf Landsleute zu treffen.

Sie liebte ihren Job im Souvenirladen. Sie war gerne unter Menschen und die deutsche Sprache bereitete ihr mittlerweile keine Probleme mehr. Und die Stadt war großartig! So viele Möglichkeiten, so viel zu erkunden. Nach anfänglichen Schwierigkeiten hatte sie sich dann doch in Berlin eingelebt und war vor drei Jahren, mit gerade mal zwanzig, in eine WG in Friedrichshain mit Blick auf den Volkspark gezogen. Hier war sie genau am Puls der Zeit. Optimal!

»Hey, was machst du denn hier?«, rief Liv freudig aus, als sie Ann erblickte, die gerade das Geschäft betrat.

»Ich dachte mir, ich entführe dich auf einen Milchkaffee. Du hast doch gleich Schluss, oder?« Ann lächelte verschmitzt.

Kurz blitzte vor Livs geistigem Auge die Erinnerung auf, wie Ann ihr in ihrer ersten Woche in Deutschland zu Hilfe gekommen war. In einem Supermarkt hatte sie hilflos und überfordert in das Gesicht einer Verkäuferin geblickt, die sie mit einem Schwall deutscher Worte überflutet hatte, von denen Liv höchstens mal ein »und« verstanden hatte. Ann hatte gedolmetscht und Liv hatte schnell gemerkt, dass sie auf der gleichen Wellenlänge lagen. Sie waren Freundinnen geworden, und Ann hatte Liv all die schönen Ecken von Berlin gezeigt. Seitdem waren sie unzertrennlich. Als Anns damalige Mitbewohnerin kurz darauf auszog, zog Liv in das freigewordene Zimmer in der Altbauwohnung mit Blick auf den Volkspark Friedrichshain.

Herrlich, dachte Liv, als sie mit Ann den mit Menschen gefüllten Ku'-Damm betrat. Sie schloss die Augen, als sie ihr Gesicht der Sonne zuwendete und ihre wärmenden Strahlen genoss. Der Frühling war eindeutig ihre liebste Jahreszeit! Wie gut, dass sie heute nicht bis zum Abend arbeiten musste.

Sie schlenderten in Richtung KaDeWe, holten sich im Europacenter einen Kaffee zum Mitnehmen und pflanzten sich auf die Stufen vor der Gedächtniskirche. Hier war immer etwas los und es gab jede Menge zu sehen. Eine Gruppe Punks hatte sich mit ihren Hunden ebenfalls auf den Stufen niedergelassen, ein Straßenkünstler, von Kopf bis Fuß silbern, mimte eine Statue. Liv war fasziniert von seiner Ausdauer. Er zog die Blicke der Passanten auf sich. Einige blieben stehen und beobachteten wie Liv, ob er vielleicht doch aus der Rolle fallen und sich bewegen würde. Selbst einem Kind, das versuchte ihn zu kitzeln, hielt er stand und zahlreiche Münzen landeten wohlverdient in seinem bereitgestellten Hut.

Liv ließ den Blick über die vorbeilaufenden Leute streifen.

»Worauf hast du denn heute Abend Lust?«, fragte Ann gerade, als Liv stutzte. Ihr Blick war auf einen jungen Mann mit schulterlangem blondem Haar gefallen, der sich geschmeidig durch die Passanten schlängelte. Seine Kleidung wirkte mittelalterlich aus einfachem Leinenstoff und in Erdtönen gehalten. Der Riemen eines Lederbeutels kreuzte seine Brust. Liv hatte kurz den Eindruck, ihn zu kennen. Doch jetzt, wie er sich entfernte, wirkte nichts mehr vertraut an ihm, und sie tat diesen Gedanken schnell wieder ab.

»Ich finde, wir sollten nach dem Training mal wieder tanzen gehen«, sagte Liv und knuffte ihre Freundin in die Seite. Seit fast drei Jahren trainierten sie regelmäßig mehrmals die Woche Karate und hatten sich erfolgreich zum zweiten blauen Gürtel gemausert.

Ann hatte die Idee, eine Kampfsportart zu erlernen, massiv vorangetrieben, als sie erkannt hatte, wie ängstlich Liv war. Sie hatte bemerkt, wie Liv an manchen

Abenden mehrmals kontrollierte, ob die Haustür wirklich abgeschlossen war. Einmal waren zwei Typen an einem Nachbartisch in ihrer Lieblingskneipe um die Ecke in Streit geraten. Sie hatten sich zu schlagen und zu schubsen begonnen. Ann hatte Liv hinterher darauf angesprochen, wie sie sie energisch wegziehen musste, um sie zu schützen, als sich das Gerangel immer mehr in ihre Richtung verlagert hatte. Liv war in jenem Moment mit weit aufgerissenen Augen regelrecht eingefroren gewesen.

»So geht das nicht weiter mit dir«, hatte Ann sich eines Abends am Küchentisch in ihrer WG dem Thema angenommen.

»Ich mache mir Sorgen um dich. Meinst du allen Ernstes, ich würde nicht mitbekommen, dass du dich fast jede Nacht albtraumgeplagt im Bett hin- und herwindest? Und dann letztens in Harrys Eck. Die Kerle hätten dich umgemäht, wenn ich dich nicht weggezogen hätte. Was war da los?«

Liv sah betroffen in ihre halb leer getrunkene Teetasse.

»Und dann dein übertriebenes Sicherheitsbedürfnis. Dass du nicht drüber reden möchtest, okay, das ist dein Ding. Ich kann es dir nur anbieten: Ich bin eine gute und eine verschwiegene Zuhörerin.«

Liv hielt den Blick weiterhin gesenkt und rührte mit ihrem Löffel in der Tasse herum.

Ann seufzte.

»Sei es drum. Ich hab da was organisiert.«

Sie sprang auf und lief in den Flur.

Neugierig sah Liv ihr hinterher und hörte Ann in ihrer Tasche kramen.

»Ha! Da ist er ja!«, vernahm sie Anns triumphalen Ausruf.

»Hier«, sagte sie schließlich freudig, als sie in die Küche zurückkehrte und vor Liv einen Flyer auf den Tisch legte.

Der Weg der leeren Hand stand in großen Buchstaben darauf und in der rechten unteren Ecke prangten ein sprungbereiter Tiger und chinesische Schriftzeichen. Mit einem fragenden Blick zu Ann drehte Liv den Flyer um und las: *Herzlich willkommen zum Probetraining!*

»Ich hab uns da angemeldet«, berichtete Ann stolz. »Morgen Abend gehts los.«

Und bei einem Probetraining blieb es nicht. Liv und Ann waren regelrecht infiziert. Ihr Meister, ein unscheinbarer Mann mit grau meliertem Haar in der Mitte seiner Fünfziger, lehrte traditionelles Shotokan-Karate und legte viel Wert auf das Begrüßungs- und Verabschiedungsritual sowie Respekt und Anstand. Hier wurde nicht geprahlt und heftig gekämpft, nein, es wurde an Stil, Technik und Geschwindigkeit gefeilt. Liv musste sich eingestehen, dass ihr das Training richtig guttat. Sie entspannte sich in Alltagssituationen zunehmend, mischte sich in Konflikte ein, in denen ein Schwächerer von einem Stärkeren gepiesackt wurde, und sogar ihre Albträume verebbten.

»Coole Party!« Liv versuchte, sich gegen den Beat bei ihrer Freundin Gehör zu verschaffen. Sie glühte und das T-Shirt klebte ihr am Rücken. Seit zwei Stunden waren sie nun ununterbrochen am Tanzen. Sie hatten sich für eine Party in einem ehemaligen Bunker entschieden. Eine sehr gute Wahl, wie sich herausstellte. Die Musik war genau ihr Geschmack und die Stimmung mitreißend.

»Ich brauch mal 'ne kurze Pause«, keuchte Liv. »Bin draußen.« Schwitzend und schwer atmend trat Liv in die laue Frühlingsnacht hinaus. Sie wandte sich nach links und ging ein Stück die Bunkerwand entlang. Weiter vorne stand eine Gruppe Jugendlicher und etwas weiter saß jemand auf dem Boden, an die Wand gelehnt. Sie blieb stehen, ging in die Hocke und lehnte sich ebenfalls an die kühle Mauer. Sie schloss die Augen und sog die frische Luft ein. Langsam beruhigte sich ihre Atmung. Leise Schritte auf dem Kies vor ihr ließen sie hochblicken. Den habe ich heute doch schon einmal gesehen. Ein schlanker, blonder Mann in einfach geschnittener Leinenkleidung passierte gerade die jungen Leute und bewegte sich federnd auf die sitzende Person zu. Neugierig blickte sie ihm nach und sah, wie er sich vor ihr hinkniete. Mit seinem Rücken verbarg er den Körper und das Gesicht des Sitzenden. Die scheinen sich zu kennen, dachte Liv und kümmerte sich nicht weiter um die beiden. Ihr Blick wanderte in Richtung Bunkereingang. Sie erblickte Ann, die den Club verlassen hatte und sie zu suchen schien.

»Hier bin ich«, rief Liv und richtete sich auf. »Tut gut hier draußen.«

»Du, ich habe gerade Peter und die anderen getroffen«, sagte Ann. »Sie wollen noch weiter auf eine private Party bei Kalle. Was meinst du? Wollen wir mitgehen?«

»Klar. Warum nicht? Ich muss nur noch schnell meine Jacke holen.« Liv hatte den Eingang des Clubs schon fast erreicht, als sie zufällig zu dem jungen Mann zurückblickte. Er hatte sich aufgerichtet und verstaute etwas in seiner Umhängetasche. Die Person am Boden saß wie zuvor mit dem Rücken an die Wand gelehnt. Liv tauchte in den warmen, dickflüssigen Dunst des Clubs ein.

In dieser Nacht kam Livs Albtraum zurück:

Sie lag im Bett und erwachte plötzlich. War da nicht ein Geräusch im Nebenraum gewesen? Es war so leise, dass sie sich nicht sicher war, ob sie wirklich etwas gehört hatte. Sie lag auf dem Rücken und starrte ins Dunkel. Schatten formierten sich an ihrer Zimmerwand, als vor ihrem Fenster die Wolkendecke aufriss und der Halbmond sein schwaches Licht ins Zimmer warf.

Sie lauschte.

Stille.

Absolute Stille.

Noch nicht einmal Wind war zu vernehmen. Und trotzdem empfand sie ein beklemmendes Gefühl. Ihr Herz schlug schneller, laut dröhnte das Blut in ihren Ohren. Sie traute sich nicht, sich zu bewegen, hielt den

Atem an, um besser in die Dunkelheit lauschen zu können.

Nichts.

Und trotzdem, irgendetwas stimmte nicht, sie war sich absolut sicher. Lähmende Schwere lag auf ihren Gliedern. Sie nahm all ihren Mut zusammen und drehte den Kopf zur Zimmertür.

Und da sah sie es. Etwas kauerte und lauerte neben der angelehnten Tür. Ihr Herzschlag drohte auszusetzen. Die Gestalt war unnatürlich verdreht und bucklig. Eine Hand mit langen, verkrüppelten Fingern streckte sie Liv entgegen. Sie zuckte heftig zusammen und sprang aus dem Bett und drückte sich zitternd an die Wand unter dem Fenster, der Gestalt gegenüber. Kein Fluchtweg! Es ist schneller an der Tür als ich.

Panik breitete sich in ihr aus.

Sie rechnete jederzeit mit einem Sprung des Wesens auf sie zu. Doch nichts geschah. Wolkenfetzen schoben sich vor den Mond. Der Raum wurde dunkel. Sie lauschte. Regte sich das Wesen? Sie war sich nicht sicher. Zitternd drückte sie sich fester an die Wand. Plötzlich wurde es ihr klar, sie musste zu ihren Eltern, ihnen berichten, was da in der Dunkelheit lauerte. Sie musste sie warnen. Als die Wolkendecke erneut aufbrach, konnte sie sehen, dass sich das Wesen von der Tür weg in Richtung ihres Bettes bewegte. Es schleicht sich an! Hatte es nicht bemerkt, dass sie sich gar nicht mehr in ihrem Bett befand? Wie konnte es ihren Sprung aus dem Bett nicht bemerkt haben? Aber gut so! Ihr Fluchtweg zur Tür war nun frei. Sie atmete tief ein und gab sich einen Ruck. Sie spurtete durch den Raum, stieß ihre Zimmertür auf und rannte durch den Flur, der sie vom Schlafzimmer ihrer Eltern trennte, erreichte die ersehnte Tür und riss sie auf.

Liv erwachte schweißgebadet.

ADRIAN

Adrian rieb sich kräftig seine Oberarme, als er in die warme Frühlingsluft trat. Nach dem Übergang kribbelte seine Haut immer. Er sah sich um. Eigentlich mochte er nicht, was er erblickte, zu was sich dieser Ort entwickelt hatte. Und doch musste er sich eingestehen, dass Berlin im Frühling einen besonderen Reiz ausübte. Die Menschen schienen ebenso wie die Natur wieder zu erwachen. Er fühlte den sich langsam beschleunigenden Rhythmus, als hätte die Stadt ein eigenes Herz. Es war fast wie Musik. Schon bei seinem letzten Übergang hatte er sich dabei ertappt, länger als notwendig zu verweilen. Er war in Menschenmengen eingetaucht und hatte sich treiben lassen, hatte sich in die Sonne gesetzt und die Betriebsamkeit beobachtet.

So auch dieses Mal. Er schlenderte gemütlich zum Volkspark. Es war ein warmer, windstiller Tag. Der Frühling hatte Blüten in die Baumkronen und die Wiesen gezaubert. Adrian sog die bunten Farben in sich auf. Eigentlich hatte er doch alle Zeit der Welt. Der Park war bei diesem herrlichen Wetter gut besucht und Adrian suchte sich einen Platz am Beckenrand des Märchenbrunnens. Er liebte den Ort. Er schlüpfte aus seinen ledernen Schuhen und ließ die nackten Füße ins kühle Nass baumeln. Sein Blick schweifte über die Arkaden am Ende des Brunnens. Auf ihnen hatte ein Bildhauer die Tiere des Waldes naturgetreu nachgebildet. Einen echten Hirsch hatte Adrian schon unsagbar lange nicht mehr zu Gesicht bekommen. Seine Gedanken schweiften in entfernte Zeiten. Zeiten, in denen er sich niemals hätte träumen lassen, wie groß diese Stadt jemals werden würde.

Er erinnerte sich, wie er mit seinem Vater auf der Jagd gewesen war. Heimlich mussten sie vorgehen, denn das Jagdrecht hatte nur ihr Lehnsherr. Sie durften keine Spuren hinterlassen. In der Abenddämmerung waren sie losgezogen und erst spät in der Nacht mit ihrer Beute wieder in ihr Dorf geschlichen. Niemand durfte sie und ihren Fang sehen. Adrian besann sich gerne und wehmütig an diese einträchtigen Stunden und Abenteuer mit seinem Vater zurück. Er sah seine Mutter vor sich, wie ihre Augen strahlten, wenn sie zurückkehrten. Er hörte sie sagen: »Ich habe mir solche Sorgen gemacht.«

Er spürte ihren Kuss auf seiner Wange und ihre Umarmung.

»Das habt ihr gut gemacht!«, lobte sie den Vater und küsste ihn zärtlich.

Die Qualität ist dieses Mal nicht vordergründig, hatten sie ihm mitgeteilt. Eigentlich schade, dachte er, als er mit elastischen Schritten dem Brunnen den Rücken kehrte. Das macht es mir wieder viel zu leicht. Grimmig passierte er den Ausgang des Volksparks. Er wusste genau, wo er auch am helllichten Tage schnell Erfolg haben würde. Als er den Park verließ, sah er sein Ziel bereits. Wie ein mahnend erhobener Zeigefinger reckte sich der Fernsehturm gen Himmel. Adrian beschleunigte seine Schritte.

LIV

Liv war an der Universität gewesen und freute sich, dass die Vorlesungen nach *Architektur heute – Herausforderung Klimawandel* ausfielen. So konnte sie das strahlende Wetter in vollen Zügen genießen. Sie fuhr auf ihrem Fahrrad durch den Volkspark Friedrichshain. Jede Menge Menschen tummelten sich im Park und belagerten die Wiesen. Sie hielt Ausschau nach ihren Freunden. Vielleicht sind sie am Brunnen, dachte sie, als sie an der Steinskulptur von Rübezahl vorbeifuhr. Kurz vor dem Brunnen bremste sie ab, stieg vom Rad und schob es. Ihr suchender Blick fiel auf einen jungen Mann, der sich gerade vom Beckenrand des Märchenbrunnens erhob und seine Kleidung glatt strich. Sie hielt an, stutzte. Komisch, dachte sie, der schon wieder? Er war etwa in ihrem Alter und schien sehr sportlich zu sein. Sein blondes Haar schimmerte im Sonnenschein.

Die Kleidung, dachte sie. Er trug exakt die gleiche Kleidung wie nur wenige Tage zuvor, eine einfache Leinenhose und ein naturweißes Leinenhemd, das an der Brust geschnürt wurde. Auch der Riemen einer Ledertasche kreuzte wieder seine Brust. Er ging zügig auf den Parkausgang zu. Neugierig folgte sie ihm und schloss nach Verlassen des Parks ihr Fahrrad an einer Laterne fest.

Sie beschleunigte ihre Schritte, war aber sorgsam darauf bedacht, genügend Abstand zu halten.

Sie bewegte sich nah an den Häuserwänden. Und für den Fall, dass er hinter sich blickte, schlüpfte sie lieber einmal zu oft in einen schützenden Hauseingang.

Als er in die Mollstraße einbog, war sie sich sicher.

Er will zum Alexanderplatz.

Sie behielt recht. Er überquerte den weitläufigen Platz und lief zielstrebig auf den U- und S-Bahn-Bereich zu. Es war später Nachmittag und zahllose Pendler stiegen hier um oder aus. Scheinbar mühelos bahnte er sich seinen Weg. Für Liv aber war es alles andere als einfach, mit ihm Schritt zu halten.

»He«, protestierte Liv lautstark, als sie von einem massigen Kerl angerempelt wurde.

»Wie wäre es mit einer Entschuldigung?!« Doch der Mann war schon im Getümmel verschwunden. Sie spähte nach vorne. Na toll, ärgerte sie sich, jetzt hab ich ihn verloren. Sie betrat den überdachten Bahnbereich und hielt Ausschau.

Da war er! Etwa eine Zugwaggonlänge von ihr entfernt lief er langsam an der Wand entlang. Er blieb stehen, ging in die Knie und Liv verlor den Blick auf ihn. Sie orientierte sich an der gegenüberliegenden Wand. Das war eine gute Entscheidung, erkannte sie. Hier liefen weniger gestresste, drängelnde Passanten und sie kam zügiger voran. Sie sah, dass kurz vor der Stelle, an der sie ihn aus den Augen verloren hatte, ein Gang abzweigte. Als sie die Ecke erreichte, hielt sie kurz inne. Ich muss näher ran, stellte sie fest. Von hier aus kann ich gar nichts sehen!

Vorsichtig lief sie weiter.

Liv traute ihren Augen nicht, als die Menschenmenge für einen kurzen Augenblick den Blick auf den jungen Mann am Boden freigab. Er hielt einen länglichen, kupferfarbenen Gegenstand an die Schläfe eines Mannes in zerschlissener Kleidung und mit ungepflegtem Vollbart. Etwas Nebelartiges verschwand in der Spitze des Gegenstandes. Sie blinzelte irritiert. Kam dieser Nebel etwa aus der Schläfe des Mannes? Als sie genauer hinsah, hatte der junge Mann den Gegenstand von der Schläfe des Obdachlosen bereits wieder entfernt und verstaute ihn in seiner Ledertasche.

ADRIAN

Adrian floss als Bestandteil der Menschenmenge in das Gebäude hinein und bahnte sich seinen Weg. Sein Blick war nach unten gerichtet. Schnell wurde er fündig. Ein betrunkener, ungepflegt aussehender Bursche saß am Boden und lallte unzusammenhängende Worte vor sich hin. Er bemerkte Adrian nicht einmal richtig, als er sich zu ihm kniete und den Extraktor aus der Ledertasche zog.

Als Adrian sein Wirken vollendet hatte, sah er zur vorbeieilenden Menschenschar hoch und richtete sich auf.

Er rechnete nicht damit, dass sein Tun irgendjemandem aufgefallen war. Nie fiel es jemandem auf. Die Menschen waren so in ihrer eigenen Welt versunken. Selbst wenn sie zu ihm sahen, waren sie anscheinend blind für Dinge, die sie nicht sehen wollten oder die nicht in ihr Weltbild passten. Plötzlich gab die Menschenmenge die Sicht auf eine junge, dunkelhaarige Frau frei, die in etwa sieben Schritt Entfernung an der gegenüberliegenden Wand stand. Er schätzte sie auf ungefähr sein Alter. Für den

Bruchteil einer Sekunde sah er ihr direkt in die blauen Augen. Doch schon war dieser Moment vergangen. Vorbeihastende Passanten verdeckten den Blick auf sie. Irritiert runzelte Adrian die Stirn. Hatte sie ihn und sein Tun etwa wahrgenommen? Sehr unwahrscheinlich, beantwortete er sich die Frage selbst. Aber nicht unmöglich, fügte seine innere Stimme an. Doch mitten in der Rushhour das innere Auge auszusenden, erschien ihm sinnlos. Ohne direkten Sichtkontakt würde er sie in der Menschenansammlung nur schwer orten können. War dies den Aufwand wirklich wert? Er tat den Gedanken ab.

Eine große Gefahr liegt in der Leichtfertigkeit, Adrian! Sei dir dessen immer bewusst, hörte er Siegfrieds Worte in Gedanken. Worte, die Siegfried während Adrians Ausbildung unermüdlich wiederholt hatte. Seltsam, er hatte an diese Ermahnung lange nicht mehr gedacht. Aber Siegfried hatte recht. Er durfte sich nicht von der Stumpfheit der Menschen blenden und einlullen lassen. Er musste wachsam bleiben!

LIV

Sein Blick traf Liv wie ein Blitzschlag. Rasch drehte sie sich weg und tauchte in das Gewühl von Menschen ein, hastete zur Ecke zurück und versteckte sich dort. Ihr Herz klopfte bis in den Hals. Es war einer der Momente, in denen sie Ann unendlich dankbar war, dass diese sie ins Karatetraining geschleppt hatte. Vor wenigen Jahren wäre sie einfach wie eingefroren stehen geblieben, obwohl alle ihre Sinne *Gefahr* schrien. Nun war sie in der Lage, die aufsteigende Panik mit tiefen Atemzügen zu zähmen und wieder handlungsfähig zu werden.

Vorsichtig blickte sie um die Ecke herum zurück und machte für einen Augenblick die blonden Haare des jungen Mannes zwischen den Köpfen der Vorübergehenden aus. Erleichtert atmete sie aus. Er entfernte sich in die andere Richtung.

»Hallo Sie! Geht es Ihnen gut?« Liv hatte einige Momente gewartet und war zu dem Mann am Boden zurückgekehrt. Forschend betrachtete sie dessen Haut an der Schläfe. Sie fand nichts Auffälliges, die Haut war vollkommen unversehrt.

»Hmmmmmh«, brummte der Mann. »Haste mal 'nen Euro?«

Es scheint ihm gut zu gehen, dachte Liv, wenn man mal von der ausgeprägten Alkoholfahne absieht. Irritiert wandte sie sich ab. Ist wirklich geschehen, was ich eben gesehen habe? Es kann eine Lichtreflexion gewesen sein. Tief in Gedanken versunken, begab sie sich auf den Rückweg. Als sie am Parkeingang ihr Fahrrad aufschloss und zu ihrer nahe gelegenen Wohnung radelte, war sie sich mittlerweile sicher, dass es eine optische Täuschung gewesen sein musste.

ADRIAN

Adrian schritt durch den jahrhundertealten Gewölbegang. Die Frau ging ihm nicht aus dem Kopf. Das hätte nicht passieren dürfen, schalt er sich selbst. Es war bestimmt nur ein Zufall gewesen, versuchte er sich zu beruhigen. Siegfried würde er ganz bestimmt nicht erzählen, dass er unachtsam gewesen war. Dieser würde es nur unnötig aufbauschen und ihm endlose Vorträge über Pflichtbewusstsein, Vorsicht und Achtsamkeit halten. Und am Ende würde er von Eichenthurm darüber informieren. Das konnte er wirklich nicht gebrauchen, dass dieser sich wieder eine Grausamkeit für ihn oder seine Mutter ausdachte.

Er erinnerte sich schmerzlich, wie eine Horde Raubritter das Dorf seiner Eltern überfallen hatte. Er war damals etwa zwölf Jahre alt gewesen. Sie plünderten und meuchelten und machten vor nichts halt. Adrians Vater schrie, dass er sich mit seiner Mutter im Haus verstecken solle und trat den Soldaten entgegen. Sein Vater versuchte wohl noch, sie zu beschwichtigen, doch sie durchbohrten ihn kaltblütig mit einer Lanze und drangen in das Haus ein. Es dauerte nicht lange, bis sie Adrians und Grethas Versteck unter der Falltür zum Erdkeller gefunden hatten. Einer der Soldaten sprang hinab und stürzte sich mit einem Messer in der Hand auf Gretha. Adrian raste vor Wut. Er griff den Soldaten an und entwaffnete ihn. Im Handgemenge fügte er diesem einen tiefen Schnitt auf der Wange zu und hielt ihn mit dessen eigenem Messer in Schach. Doch sein Triumph währte nicht lange. Weitere Raubritter drangen in den Keller ein und übermannten ihn schließlich. Sie fesselten und knebelten ihn und banden ihn an eines ihrer Pferde. Als einziger Gefangener wurde er von den Soldaten verschleppt. Seine Mutter ließen sie wimmernd und um Erbarmen flehend im Dorf zurück. Grethas Schreie gingen Adrian durch Mark und Bein. Betäubt von Schmerz und Trauer taumelte er hinter dem Pferd des Soldaten her, dem er den blutigen Schnitt auf der Wange verpasst hatte.

Nach stundenlanger Wanderung erspähte Adrian zwischen den Bäumen die Mauern einer Burg. Er konnte kaum noch einen Fuß vor den anderen setzen. Als sie im Burghof anhielten, fiel er vor Erschöpfung auf die Knie.

Unsanft riss der Soldat ihn wieder auf die Füße.

»Willkommen auf Burg Eichenstein! Der Herr wird dich sehen wollen.«

Der groß gewachsene Mann mit braunem Vollbart und langen, zu einem Pferdeschwanz gebunden Haaren, zog Adrian mit sich. Er hielt auf eine Tür zu, die ins Innere der Burg führte.

Im ersten Stock angelangt, führte der Soldat ihn zu einer Holztür, vor der zwei mit Schwertern bewaffnete Wachen standen.

»Sagt Roland von Eichenthurm, dass wir zurück sind und dass ich ihm etwas mitgebracht habe.« Der Soldat deutete auf Adrian.

Eine der Wachen klopfte an die Tür und verschwand in dem Raum dahinter.

Adrian vernahm durch die Tür eine Männerstimme, die sagte: »Lasst Siegfried eintreten.«

Die Tür öffnete sich und die Wache gab den Weg für Siegfried und Adrian frei.

»Hat er Euch diesen tiefen Schnitt auf Eurer Wange zugefügt?«, polterte die tiefe und furchterregende Stimme von Roland von Eichenthurm.

»Ja, Herr«, antwortete Siegfried. Demütig blickte er zu Boden. Er atmete tief ein und Adrian sah, wie er anscheinend all seinen Mut zusammennahm. »Der Grund, warum ich ihn mitbringe, Herr, liegt nicht darin, meine Niederlage öffentlich zu machen oder Rache an diesem Jungen zu nehmen. Dieser Junge hat ein Talent, eine Veranlagung zu etwas Größerem als nur ein einfacher Bauernsohn zu sein. Ich versichere Euch, Herr, wenn Ihr ihn kämpfen seht, werdet Ihr mich verstehen und ihn für Eure Reihen gewinnen wollen.«

»Siegfried, Ihr überrascht mich«, sprach Roland von Eichenthurm und sein Blick blieb auf Adrian haften.

Adrian fühlte sich unwohl und ein Schauer lief ihm über den Rücken hinab, als von Eichenthurm ihn langsam und von oben bis unten mit kalten Augen taxierte.

»Nun gut, Ihr habt meine Neugier geweckt. Drei Eurer Männer werden sich morgen zur Mittagsstunde mit diesem Jungen im Burgfried messen. Als Waffen wähle ich die Stöcke.«

Siegfried verbeugte sich tief. »Danke, Herr.«

Adrian erschreckte sich, als von Eichenthurm plötzlich »Wachen!« rief.

Als die Tür sich öffnete, gab von Eichenthurm die Anweisung, Adrian in den Kerker zu bringen.

Grob griff die Wache ihn am Oberarm und zerrte ihn mit sich.

Das Verlies war ein kleiner, feuchter und muffiger Raum ohne jegliches Tageslicht. Ein Haufen altes, gammeliges Stroh diente als Nachtlager. Die Soldaten entfernten seine Fesseln und stießen ihn in die Finsternis der Gefängniszelle. Als die schwere verrostete Eisentür hinter Adrian ins Schloss fiel, sank er verstört und voller Trauer um den Tod seines Vaters in sich zusammen und weinte hemmungslos. Hatte seine Mutter überlebt?

Heute wusste er, dass allein diese Frage und die Liebe zu ihr seine Antriebskraft für all sein weiteres Tun und

Handeln gewesen waren. Sie hatten ihn dazu gebracht, einen folgenschweren Kontrakt auf Lebenszeit einzugehen.

LIV

Alles war wie vor ein paar Tagen auf dem Alex, nur dass die Menschenmassen fehlten. Sie sah ihn bei dem Mann am Boden knien. Ein feiner silbriger Nebel strömte aus dessen Schläfe in einen schmalen metallenen Gegenstand hinein, den er in seiner Hand hielt. Dann versiegte der Nebel. Ein leises Klicken war zu hören. Er verstaute den Gegenstand in der Ledertasche, die quer über seine Brust hing und er erhob sich. Ganz langsam, als wäre die Zeit ins Unendliche gedehnt worden, drehte er sich zu ihr um. Jeder Muskel in ihr spannte sich an. Adrenalin schoss durch ihren Körper, als ihre Blicke sich trafen. Diese kalt analysierend blickenden rauchgrauen Augen. Augen, die sie wie Magneten anzogen, nicht mehr loslassen wollten, mitreißen wollten in einen unbekannten Abgrund.

Panik ergriff sie.

Sich von ihm abzuwenden, kostete sie unendlich viel Willenskraft, und dann rannte sie los. Die Passage schien über kein Ende zu verfügen. Lief sie auf der Stelle? Und tatsächlich, sie blickte nach unten und sah ihre Beine laufen, doch sie bewegten sich keinen Zentimeter vorwärts. Ganz langsam veränderte sich der Boden unter ihren Füßen. Alles Licht wurde langsam aus der Szenerie herausgesogen. Die eben noch hellen Fliesen des Ganges verwandelten sich in etwas Weiches, Dunkelblaues. Sie spürte, wie sie mit nackten Füßen auf Teppich lief. Sie kannte das Gefühl nur zu gut. War sie nicht als kleines Mädchen so oft barfuß über diesen Teppich gelaufen? Sie sah das Muster darin. Es sah aus wie zahllose kleine weiße Pfeile. Als wollten sie ihr den Weg weisen. Sie war sich nur nicht sicher, ob dieser Weg aus dem Albtraum hinaus- oder noch tiefer hineinführen sollte. Sogar der Geruch war wieder da, der Geruch nach chemischen Reinigungsmitteln. Sie erreichte die Schlafzimmertür ihrer Eltern und stieß sie auf. Sie erstarrte. Da war jemand am Bett ihrer schlafenden Eltern! Er hatte sich über ihren Vater gebeugt.

»Dad!«

Ihre eigene Stimme riss Liv aus dem Schlaf. Ihr Herz klopfte wie wild und sie fühlte sich beklommen. Für einen Moment war sie orientierungslos. Der Geruch war noch zu präsent. Exakt diesen Geruch verband ihr Gehirn mit Berlin und vor diesem Geruch hatte sie sich so sehr gefürchtet, als ihr Vater von der bevorstehenden

Versetzung gesprochen hatte. In all den Jahren, in denen sie ihn schon als kleines Kind auf Geschäftsreisen begleitet hatte, hatten sie im selben Hotel übernachtet. Und in all den Jahren hatten der Teppich und die Räumlichkeiten des Hotels genau so gerochen. Diesen Geruch verband sie mit Beklommenheit und Angst. Warum das so war, wusste sie nicht.

Der Traum war noch zu präsent, als dass sie einfach wieder hätte einschlafen können. Sie tastete nach dem Schalter ihrer Nachttischlampe und knipste sie an. Schließlich erhob sie sich aus dem Bett und ging in ihr überlanges Schlafshirt gekleidet rüber zur Küche. Dort nahm sie sich den Orangensaft aus dem Kühlschrank und füllte sich ein großes Glas. Es war eine laue Nacht und so trat sie auf den Balkon hinaus, der von der Küche abging. Sie setzte sich in einen der Korbsessel, legte ihre Beine auf das verschnörkelte Balkongeländer und blickte auf den in Dunkelheit gehüllten Volkspark vor ihr. Tief sog sie die Luft ein. Mit jedem Atemzug verblasste der Traum mehr und mehr.

»Kannst du auch nicht schlafen?« Ann war aus der Küche ebenfalls auf den kleinen Balkon herausgetreten und ließ sich neben Liv auf den zweiten Stuhl sinken.

»Habe schlecht geträumt«, murmelte Liv.

»Der Albtraum, über den du nie sprechen möchtest? Ist er zurück?«, forschte Ann nach.

»Hm«, brummte Liv zustimmend. »Ich weiß auch nicht, was das soll. Irgendeine Kindheitserinnerung, die ich wohl nicht verarbeitet habe.« Liv lächelte beschämt. »Nicht so wichtig. Warum kannst du nicht schlafen?«

»Das ist mir einfach zu warm im Zimmer«, ächzte Ann.

Liv war froh, dass sich Ann einen weiteren Kommentar zu ihrem Traum verkniff und stattdessen das Gespräch in eine andere Richtung lenkte: »Was hältst du von Kino morgen Abend? Kalle und die anderen kommen auch. Wir wollen uns den Sternensammler anschauen. Der lohnt sich bestimmt. Das Buch jedenfalls war klasse.«

»In welches Kino wollt ihr denn? Hier gegenüber ins Filmtheater am Friedrichshain?«, fragte Liv.

»Genau. Die anderen kommen vorher bei uns vorbei.«

»Ja klar. Gern. Hört sich gut an. Da bin ich dabei«, sagte Liv und lächelte. »So, ich werd mal 'nen neuen Anlauf starten, schlafen zu gehen. Schlaf gut, Ann. Ich freu mich auf morgen.«

ADRIAN
BURG EICHENSTEIN IM JAHRE 1363

Die Sonne hatte bereits den Zenit erreicht und blendete Adrian, als er zum Burgherrn gebracht wurde. Roland von Eichenthurm war eine Ehrfurcht gebietende Person von großer Statur und mit breiten Schultern. Dunkles, ungezähmt gelocktes Haar umrahmte sein Gesicht. Unter seinem Wams erahnte Adrian das Spiel seiner kräftigen Muskeln. Er thronte auf einer hölzernen Tribüne auf einem mächtigen Sessel aus dunklem Eichenholz, bezogen mit dunkelrotem Samt. Das Wappen, eine weiße Eiche mit perfekter Krone auf schwarzem Grund, schmückte die Balustrade der Tribüne.

»Verneige dich gefälligst vor dem Herrn!«, sagte der Wachmann und stieß ihn grob in die Seite. Mit zittrigen Beinen deutete Adrian eine Verbeugung an. Diese schien der Wache jedoch nicht angemessen genug zu sein, sie trat Adrian von hinten in die Kniekehlen und zwang ihn so auf die Knie.

»Lasst den Kampf beginnen!«, erklang es von der Tribüne und Adrian wurde in die Höhe gerissen. Ehe er sich versah, hatte man ihm einen Stock in seine Hand gedrückt. Schmerzerfüllt ächzte er auf, als ihn wie aus dem Nichts ein Hieb auf den Rücken traf. Er ging zu Boden. Ein weiterer Schlag traf ihn an der Schulter.

»Steh auf, du Nichtsnutz, und kämpfe«, brüllte Siegfried ihm von der Tribüne aus zu. »Du kannst dich auf was gefasst machen, wenn du mir Schmach bringst!«

Adrian hörte den Ernst aus diesen Worten heraus. Da traf ihn ein weiterer Hieb am Rücken. Wut schoss in ihm empor, als ihm bewusst wurde, dass er nur der Spielball dieser Gewalthaber war. Er kauerte am Boden und drehte sich so, dass er die Sonne im Rücken hatte. Den nächsten Hieb sah er als Schatten vor sich auf dem Boden nahen. Blitzschnell reagierte er, warf sich zur Seite. Der Hieb verfehlte ihn und er landete selbst einen Treffer beim Gegner, der verwundert nach vorne taumelte. Adrian wirbelte herum. Im Bruchteil einer Sekunde entwaffnete er den nächsten Gegner und rammte ihm seinen Stock in den Bauch. Dieser krümmte sich vor Schmerz und Adrian nutzte diesen Moment, sich dessen Stock anzueignen und als Schutzschild zu verwenden. Da kam auch schon Angreifer Nummer drei auf ihn zu und Adrian verpasste ihm umgehend mehrere Stöße in die Magengrube und Leistengegend.

Adrian spürte Hände, die sich von hinten um seinen Hals schlangen und zudrückten. In Sekundenschnelle nutzte Adrian das kurze Ende des Schutzschildstocks und vollzog einen gekonnten Treffer nach hinten in die Rippen des Angreifers. Dieser stöhnte auf, lockerte aber seinen Griff nicht. Er neigte sich nur zur verletzten Seite. Adrian nutzte diese Millisekunde aus und rammte den Stock in seiner anderen Hand mit voller Wucht nach hinten in den Spann des Gegners. Dessen Griff löste sich und er wankte leicht zur Seite. Diese Unsicherheit nutze Adrian nun, um sich vollends zu befreien. Mit einer kraftvollen Rotation aus der Körpermitte heraus entwand er sich dem Gegner. Den zu Boden gelassenen Stock verwendete er hierbei als Hebel über die Kniekehle des Angreifers und katapultierte ihn ohne große Mühen von den Beinen. Hart schlug dieser rücklings auf dem Boden auf. Bevor dem Angreifer bewusst wurde, wie ihm geschah, hatte Adrian bereits einen seiner Stöcke an der Kehle des Mannes angesetzt.

»Das reicht, hört auf!«, rief Roland von Eichenthurms von seinem hölzernen Thron herab. »Ullrych, steh auf!«, richtete er seine Worte an den am Boden liegenden Mann mit rotblondem Vollbart und vernarbter Nase. Dann blickte er Adrian an. »Komm zu mir, Junge! Siegfried hat mir berichtet, dass du deine Mutter verteidigt hast. Und auch hier hast du gezeigt, dass du sehr geschickt und mutig bist. Oder sehr töricht, das wird sich weisen.«

»Meine Mutter? Lebt sie?« Tränen schossen Adrian in die Augen.

»Ja, sie wurde verschont. Sei dir gewiss, du bist das Pfand für ihr Leben. Widersetzt du dich, wird auch sie sterben.« Von Eichenthurm blickte Adrian aus grünen, kalt hervorstechenden Augen an. Adrian erschauerte unwillkürlich.

»Ich mache dir ein Angebot. Ich werde deine Mutter auf diese Burg bringen lassen. Solange du tust, was von dir verlangt wird, wird ihr nichts geschehen und sie wird keinen Hunger leiden müssen.«

Adrian wollte aufbegehren. Ein Leben in Gefangenschaft als ein Untertan von Roland von Eichenthurm? Das war, wie einen Pakt mit dem Teufel einzugehen!

»Wenn du mein Angebot ausschlägst, werden du und deine Mutter sterben«, fügte von Eichenthurm an.

»Was verlangt ihr von mir?«, kapitulierte Adrian zähneknirschend.

Von Eichenthurm hielt Wort. Bereits am folgenden Tag wurde Adrian aus seiner Zelle geholt. Eine Wache geleitete ihn in die Gesindeküche. Adrian staunte über den reichhaltig gedeckten Tisch und blieb im Türrahmen stehen. »Das ist alles für mich?«

»Siehst du hier sonst noch jemanden? Setz dich!«, erwiderte der Wachmann.

Adrian war misstrauisch. Wollte der Burgherr ihn bestechen? Doch schon meldete sich sein Magen. Zwei

Tage war es bereits her, dass er etwas gegessen hatte. In seiner Zelle hatte nur ein Tonkrug mit Brunnenwasser gestanden. Beim Duft des dampfenden Omeletts schmolz jegliche Vorsicht dahin. Ohne weitere Aufforderung nahm er am Tisch Platz und langte ordentlich zu.

»Guten Morgen, Adrian!« Siegfried war im Türrahmen erschienen. Die Wache hatte sich diskret in den Gang zurückgezogen. »Lass es dir schmecken.«

Adrian war bei Siegfrieds Erscheinen erschrocken aufgesprungen, doch dieser bedeutete ihm, sich wieder zu setzen und nahm gegenüber von Adrian Platz.

»Stärke dich nur ordentlich. Im Anschluss beginnt dein Training und du wirst dich in Kraft und Ausdauer üben. Geschicklichkeit hast du ja bereits bewiesen.« Siegfried wartete geduldig und sah Adrian beim Essen zu. »Bevor wir anfangen habe ich eine Überraschung für dich. Steh auf und komm!«, sagte er, als Adrian sich auch noch den letzten Brotkrumen in den Mund gestopft hatte.

Er führte Adrian durch ein verschlungenes Labyrinth von Gängen hinaus auf den Burghof. Die Wache hielt diskret Abstand und folgte ihnen. Sie schienen nicht mit seiner Flucht zu rechnen. Doch Adrian prägte sich jeden Meter, jeden Stein, jede Abzweigung ein. Und auch im offenen Innenhof maßen seine Augen automatisch Entfernungen, Türen und den großen Torbogen ab. Im Hof stand ein Pferdekarren und Adrian erkannte, dass sich auf der ihm abgewandten Seite Menschen aufhielten. Es schien ein kleines Gerangel zu geben und eine der Personen sagte: »Dann lasst sie doch zu ihm.«

Eine Frau in einfacher Leinenkleidung und blondem Haar schälte sich aus der Gruppe und rannte auf Adrian zu.

»Adrian, mein lieber Junge!« Tränen liefen ihr über die Wangen und sie nahm Adrian fest in die Arme.

»Mutter«, flüsterte Adrian.

»Jetzt ist es aber genug!«, erscholl von Eichenthurms dröhnendes Organ. Er war aus einer der mächtigen Eichentüren getreten, die ebenfalls in den Innenhof führten. »Trennt sie und legt der Frau Ketten an. Sie kann in der Küche helfen. Siegfried, du weißt, was du zu tun hast. Bring diesem Bauernjungen Manieren bei! Heult wie ein Mädchen.«

»Nein, bitte nicht! Lasst mir meinen Jungen!«, rief Adrians Mutter herzzerreißend, als von Eichenthurms Mannen sie auseinanderrissen und Gretha in Richtung Gesindeküche bugsierten.

»Nun komm.« Siegfried packte Adrian am Arm und zog ihn mit sich.

Die nächsten Tage waren hart für Adrian. Seine Mutter durfte er nicht sehen. Nachdem er Siegfried mehrfach mit Fragen genervt hatte, erzählte ihm dieser, dass Gretha Fußfesseln aus Eisen tragen müsse. Die Länge der Kette erlaube ihr nur kleine Schritte. Tagsüber müsse sie in der Küche schuften. Und nachts wäre sie im Gesindebereich einquartiert, der abgeschlossen sei.

Adrian dagegen durfte sich tagsüber relativ frei bewegen, wenn man von seinem straffen Trainingsplan einmal absah. Von einer Magd erfuhr er, in welchem Gebäude seine Mutter nächtigte. Sorgsam und kontinuierlich prägte er sich weiterhin jeden Winkel der Burg ein. Sein Nachtlager war ihm im Schlafsaal der Knappen und Soldaten zugeteilt worden. Hier schliefen sie auf einfachen Strohmatratzen, einer neben dem anderen. Die hohen Herren schienen davon auszugehen, dass Adrian in den Reihen so vieler Mannen am besten bewacht sei. Als in der vierten Nacht Ruhe in seinem Schlafsaal eingekehrt war, pfriemelte Adrian vorsichtig zwei kleine gebogene Metallstücke aus seiner Strohmatratze. Er hatte sie in einem unbeobachteten Moment in der Schmiede eingesteckt und hoffte, dass sie ihm hilfreich sein könnten. Geräuschlos schlich er aus dem Saal und den finsteren Gang entlang zum Innenhof der Burg.

Ausgerechnet in dieser Nacht zeigte sich keine Wolke am Himmel und der abnehmende Mond erleuchtete den Innenbereich der Burg beinahe taghell. So blieb Adrian nichts anderes übrig, als sich am Rand von Schatten zu Schatten huschend zu bewegen.

Wie erwartet war die Tür zu den Gesinderäumen abgeschlossen. Adrian zog die kleinen Metallstifte aus seiner Hosentasche und nestelte mit dem längeren der beiden im Schloss herum. Zufrieden vernahm er ein metallisches Klicken. Behutsam betätigte er die Klinke und die Tür schwang leise quietschend nach innen auf. Er trat in den durch Kerzenlicht schummrig erleuchteten Gang. Er wollte die Tür gerade schließen, als ihn jemand packte und zurückriss. Ein heiserer Schrei entfuhr ihm.

»Junge, ich wusste es. Bist du von allen guten Geistern verlassen? Hängst du so wenig an deinem Leben? Du scheinst nicht zu verstehen, wer und was Roland von Eichenthurm ist.«

»Siegfried. Ich …«, stammelte Adrian und blickte ihn verständnislos an.

»Roland von Eichenthurm ist einer der brutalsten und rachelustigsten Lehnsherren unserer Zeit. Mit Wonne wird er erst deiner Mutter das Leben nehmen und dann dir. Aber es wird nicht schnell gehen. Er liebt es, sich an den Qualen anderer zu laben. Er wird dich zusehen lassen, wenn deiner Mutter das Leben aus ihrem Leib gefoltert wird. Und dann sei gewiss, auch du wirst leiden, wirst dich nach dem endgültigen Todesstoß sehnen.«

Adrian zitterte.

»Verstehst du mich?« Eindringlich bohrten sich Siegfrieds hellbraune Augen in die seinen.

Adrian nickte zögerlich, woraufhin ihn Siegfried heftig schüttelte.

»Ob du mich verstehst, will ich wissen?«

»Ja, Herr«, antwortete Adrian fügsam.

»Gut«, Siegfried schien erleichtert. »Dann komm. Ich bringe dich zurück in deinen Schlafsaal.«

Zu Adrians Unverständnis meldete Siegfried den nächtlichen Vorfall nicht. In stiller Übereinkunft wusste Adrian, dass er von nun an in Siegfrieds Schuld stand.

43

LIV

»Schöner Film war das. Hat sich gelohnt«, sagte Kalle gerade als er mit seiner Freundin Theresa, Liv und Ann im Schlepptau auf die breite beleuchtete Treppe vor dem Kino trat.

»Es ist so ein schöner Abend. Wollen wir zum Märchenbrunnen?«, schlug Theresa vor.

»Aber erst holen wir uns hier im Biergarten noch ein Eis, okay?«, erwiderte Ann. Der Vorschlag traf auf allseitige Zustimmung und so saßen sie bald neben der Steinskulptur von Hans im Glück auf der Mauer der Brunnenanlage, die nackten Füße ins kühle Nass baumelnd. Genüsslich verspeisten sie ihr Eis.

Kalle riss einen Witz nach dem anderen. Liv nahm es nur am Rande wahr. Mit den Wasserbewegungen, die ihre paddelnden nackten Füße im Märchenbrunnen hervorriefen, drifteten ihre Gedanken ab. Sie musste wieder an den blonden Mann denken. Sie gestand sich ein, dass seine Erscheinung sie in seinen Bann zog. War es nur das? Ihr kam die Szene am Alex wieder ins Bewusstsein, als er sich von der volltrunkenen Person am Boden erhoben hatte und sich ihr Blick für einen Bruchteil einer Sekunde begegnet war. Diese Augen! Wachsam, ruhig und rauchgrau.

»Krass«, entfuhr es Liv und die Köpfe der anderen wandten sich ihr zu.

»Bin doch noch gar nicht bei der Pointe angelangt.« Kalle grinste.

»Wie?« Liv war verwirrt, dann verstand sie.

»Sorry, Kalle, war gerade in Gedanken.«

»Soso.« Kalle grinste wieder.

»Jetzt erzähl schon weiter Kalle!«, drängte Theresa und die Aufmerksamkeit der anderen war wieder auf Kalle gerichtet.

Ihr Traum!

Wie ein Blitz traf sie die Erinnerung. Sie erstarrte. Ihr Blick wanderte von der Wasseroberfläche auf einen Punkt irgendwo vor ihr in der Ferne.

Der Traum, der sie schon ein Leben lang verfolgte.

Er war es gewesen!

Er war derjenige, der sich damals in der Nacht im Hotel über ihren Vater gebeugt hatte. Er war ebendieser, der irgendetwas in dieser Nacht mit ihrem Vater gemacht hatte. Die raubkatzenartige Bewegung seines Körpers, als er sich aufgerichtet und völlig ruhig zu ihr geblickt hatte, wie bei dem Betrunkenen am Alex! Es waren exakt die gleichen Augen! Sie erinnerte sich, dass ein leises Ploppen zu hören gewesen war, bevor er am Bett ihres Vaters einen kleinen metallenen Gegenstand in seinen quer über seinen Rumpf gehängten Lederbeutel hatte gleiten lassen. Er hatte den Zeigefinger vor die Lippen gelegt und war in den Türrahmen des offenen Fensters geklettert. In kauernder Haltung hatte er sie noch einmal angeblickt, verschmitzt gezwinkert und war aus dem Fenster gesprungen. Sie konnte sich nicht daran erinnern, dass sein Aufkommen auf dem Boden irgendeinen Laut hervorgerufen hätte.

Er war überhaupt nicht gealtert!

Diese Erkenntnis traf sie wie ein Blitzeinschlag. Wie konnte das sein? Und wenn er es wirklich war, was zur Hölle hatte er mit ihrem Vater gemacht? Sie war damals noch zu klein gewesen, als dass ihr eine Veränderung an ihrem Dad aufgefallen wäre. Sie musste unbedingt mit ihrer Mutter darüber sprechen. Hatte ihr Verstand ihr einen Streich gespielt? Nein, sagte sie sich. Er ist es und ich habe ihn schon mehrmals gesehen. Das steht fest!

ADRIAN
BURG EICHENSTEIN IM JAHRE 1363

Adrians Ausbildung war hart und brachte ihn täglich an seine Grenzen, wobei diese variierten. Waren es an einem Tag Kraft und Ausdauer, die über den Schmerzpunkt hinaus trainiert wurden, so waren es an anderen Tagen seine Konzentration, sein handwerkliches Geschick, seine Schnelligkeit und Präzision in den Techniken des Kampfes. Adrian fühlte sich die ersten Wochen ausgelaugt und erschöpft. Sein Körper schmerzte unentwegt und er war maßlos überfordert. Der Sinn mancher Trainingseinheiten erschloss sich ihm nicht. So bestand eine Übung darin, dass er mit verbundenen Augen in einen Gang des Kellergewölbes gebracht und mehrfach im Kreis gedreht wurde. Dann sollte er benennen, wie viele Mannen sich ihm aus welcher Richtung fast geräuschlos näherten, dann welche Gesten sie vor ihm vollführten, und dann sollte er beginnen, Angriffe abzuwehren. Da ihm meist von der vorangegangenen Dreherei speiübel und schwindelig war, konnte er sich auf die Aufgaben nicht konzentrieren und steckte sehr schmerzhafte Stockhiebe, Schnittverletzungen und Schläge ein. Sie nannten es die Schulung des inneren Auges und der Fühlungnahme. Adrian hasste diese Übungen. Auch aus dem Grund, dass sie ihn stets mit verbundenen Augen und mit gefesselten Händen in den Gängen zurückließen. Er sollte lernen, sich blind orientieren zu können. Für Adrian war es nur deren Spaß an seiner Peinigung. Nicht nur einmal befreite ihn Siegfried nach gefühlten Stunden des hilflosen Herumtastens aus dieser unwürdigen Lage.

»Das wird schon«, »Nicht verzagen, Adrian«, »Ruh dich aus, morgen ist ein neuer Tag« hörte Adrian richtig? Wenn Siegfried und er alleine waren, wandelten sich die anfangs so harten, unerbittlichen Befehle Siegfrieds in aufmunternde Worte. Waren aber Roland von Eichenthurm oder seine Männer in der Nähe, so gab sich Siegfried als harter, erbarmungsloser Ausbilder, hatte aber immer an der von von Eichenthurm abgewandten Seite ein Zwinkern für Adrian parat. So wurde es langsam zu einer Art inszeniertem Schauspiel, dass Siegfried Adrian in voller Härte trainierte und Adrian besonders gequält ächzte, wenn von Eichenthurm in der Nähe war. Dieser schien dann sehr zufrieden zu sein und so hatte Adrian größtenteils Ruhe vor ihm. Stück für Stück musste er sich sogar eingestehen, dass er sich mehr und mehr freundschaftlich mit Siegfried verbunden fühlte, auch wenn ihm dieser Gedanke Angst machte. Seine Mutter durfte Adrian nach wie vor nicht treffen. Wenige Male ergab es sich, dass sie auf dem Gehöft Blicke miteinander wechseln konnten. Aber dann wurden sie sofort von Roland von Eichenthurms Leuten vorangetrieben. Adrian war erstaunt, als sich Siegfried eines Tages anbot, im Verborgenen Nachrichten zwischen ihr und Adrian zu überbringen. Und Adrian hatte nicht den Eindruck, dass Siegfried dabei Böses im Schilde führte.

Eines Abends passte Siegfried Adrian vor dem Gemeinschaftsschlafsaal ab. Er hatte wieder eine Botschaft seiner Mutter, dass es ihr gut gehe. Adrian bedankte sich und wollte in sein Schlafgemach gehen, als Siegfried ihn zurückhielt. Nachdem er sich durch einen Blick in die Gänge versichert hatte, dass sie allein waren, sagte er:

»Schleiche dich zum ersten Schlag der Turmuhr, der auf die zwölf Schläge folgt, aus dem Schlafsaal und treffe mich auf der Rückseite der Tenne.«

Adrian war irritiert.

»Schaffst du das? Natürlich schaffst du das«, beantwortete er sich seine Frage selbst und nickte.

»Was habt Ihr vor?«, fragte Adrian.

»Lass dich überraschen und vertraue mir.«

Freundschaftlich schlug Siegfried ihm auf die Schulter und ging.

Adrian versuchte, still zu liegen. Die Zeit dehnte sich unerträglich in die Länge. Was hatte Siegfried mit ihm vor? Musste er eine spezielle Aufgabe seiner Ausbildung absolvieren? Aber warum die Heimlichtuerei? Sonst rissen sie ihn doch auch einfach aus dem Schlaf und quälten ihn, ließen ihn in Wind und Regen ungeschützt ausharren, um seine Zähigkeit zu fördern, wie sie es nannten. Sicher war es wieder irgendeine gemeine Schikane. Und der freundschaftliche Schulterschlag? Bedeutete dies eine besondere Bösartigkeit und Siegfried wollte sein Mitleid bekunden?

Endlich schlug die Turmuhr zwölf. Er spannte seine Muskeln an und begann, sich langsam und geräuschlos aus seiner Schlafstätte herauszuwinden. Doch gerade, als er im Begriff war, sich aufzurichten, grunzte Herbert, sein Bettnachbar, wühlte sich aus seiner Decke heraus und schlurfte zum Nachttopf am Fenster. Adrian lag wie versteinert. Laut plätschernd verrichtete Herbert seine Notdurft im dafür vorgesehenen Messinggefäß und kippte dieses anschließend aus dem Fenster die Burgwand hinunter. Adrian ärgerte sich. Er verlor wichtige Zeit. Siegfried würde ihn strafen, wenn er zu spät käme. In Gedanken ging er den Weg zur Tenne durch. Er vermutete, dass Siegfried davon ausging, dass er den langen Gang entlangschleichen und den sicheren Weg durch den Gewölbekeller nehmen würde. Von dort führte eine unverschlossene Tür zur Rückseite der Tenne. Der Weg würde in etwa zehn Minuten dauern. Adrian rechnete sich aus, dass seine Frist mit dem Turmuhrenschlag zur halben Stunde gänzlich verstreichen würde.

Es dauerte qualvolle Minuten, bis Herbert endlich auf seiner Pritsche zur Ruhe kam. Angespannt lauschte Adrian zu ihm hinüber. Noch waren die Atemzüge nicht tief und regelmäßig. Er würde erwischt werden, wenn er es jetzt wagte. Nach einer gefühlten Unendlichkeit des Stillliegens gingen Herberts Atemzüge endlich in ein Schnarchen über. Lautlos schlich Adrian aus dem Raum. Er würde abkürzen müssen. Das war nicht ganz ungefährlich, aber die einzige Möglichkeit, die verlorene Zeit wieder gutzumachen. Gedämpft hörte er die Turmuhr einmal schlagen. Wie ein Schatten huschte er den Flur entlang. Zu seiner Rechten eröffnete sich der Durchgang zu den Schlafgemächern der dem Burgherren am nahesten stehenden Mannen, seinen Beratern und Leibwächtern. Adrian wollte den Gang gerade zügig passieren, als er ein Geräusch vernahm. Eine Stiefelsohle rieb über den steinernen Boden.

Er hielt inne. Er konnte leises Tuscheln vernehmen.

Nervös presste er sich in eine Nische in der Wand. Schritte kamen in seine Richtung und blieben kurz vor der Ecke, hinter der sich Adrian verbarg, stehen. Jetzt konnte er die Worte klar und deutlich verstehen.

Eine raue, wie erkältet klingende Stimme, die Adrian unbekannt vorkam, sagte: »Wir werden es machen wie abgesprochen. Verwahre es gut.«

»Ja, ich habe schon verstanden, wie es ablaufen soll.«

War das Ullrych? Sicher war er sich nicht, da die Worte nur geflüstert wurden.

»Lass das meine Sorge sein.«

Dann löste sich die Zusammenkunft auf. Eine der Personen entfernte sich in die Richtung, in die auch Adrian musste. Sie trug einen Umhang, die Kapuze tief ins Gesicht gezogen. Größe und Statur könnten die Ullrychs sein. Aber sie konnten, musste Adrian sich eingestehen, auch zu einem Dutzend anderer Gefolgsmänner von Eichenthurms gehören.

Die zweite Person hatte sich in Richtung der Schlafgemächer zurückgezogen. Adrian vermochte nicht zu sagen, durch welche Tür sie verschwunden war.

Adrian hielt sich noch einen Moment im Verborgenen und setzte dann seinen Weg fort. Er erreichte das Fenster, das zur Tenne gewandt in die Mauer eingelassen war.

Er öffnete es und spähte aus dem ersten Stock in den rabenschwarzen Hof hinab. Weder ein Geräusch noch eine Bewegung waren dort unten auszumachen, obgleich er wusste, dass sich Siegfried in dieser Finsternis verbarg. Er atmete tief ein und kletterte durch das Fenster nach draußen. Sehen konnte er bei dieser Dunkelheit die Mauervorsprünge nicht, er musste sie erfühlen. Durch seine dünnen Lederschuhe war es relativ einfach und mit seinen Fingern hakte er sich stabil in die Ritzen des Mauerwerks ein. Vorsichtig und behände stieg er hinab. Leise trat er schließlich an Siegfried heran.

»Folge mir. Sei mein Schatten im Schatten«, flüsterte dieser ihm zu.

Adrian tat wie geheißen. Stutzig wurde er, als er realisierte, in welche Richtung sie sich bewegten. Es war der Gebäudetrakt, in dem seine Mutter untergebracht war. Sie schlichen an die kurze, vom Hof abgewandte Seite. Hier befand sich ein kleines vergittertes Fenster in der verriegelten Holztür. Adrian bemerkte verwundert, dass das Fenster offen stand. Noch erstaunter war er, als Siegfried ihm zuraunte: »Los! Geh! Du wirst erwartet. Ich halte so lange Wache.« Bestimmt schob er Adrian in Richtung der Holztür. Neugierig schlich Adrian näher.

Er hörte ein leises Schluchzen und sein Herz machte einen freudigen Sprung. Dann sah er, wie seine Mutter ihre Finger durch die Gitter zwängte, und Adrian trat so nah heran, dass sie seine Wangen in die Hände nehmen konnte.

»Mein Junge.« Sie sprach mit tränenerstickter Stimme.

»Mutter.« Und auch Adrian begann zu weinen. In ihren Händen wurde er wieder der kleine, schutzbedürftige Junge. Nicht der harte, gefühllose Kämpfer, zu dem ihn Roland von Eichenthurms Soldaten drillten.

»Wie ergeht es dir?«, flüsterte sie sanft.

»Mir fehlt es an nichts, Mutter. Trotzdem wäre ich lieber frei, frei mit dir zusammen, nicht ein Sklave.«

»Ich weiß, mein Schatz, mir geht es ebenso. Ich werde gut versorgt, muss nicht Hunger leiden, darf aber tagsüber das Gebäude nur mit strammen Fußfesseln verlassen.

Sie befürchten, dass ich wegrennen könnte. Nachts darf ich sie ablegen, aber da werden wir hier eingeschlossen.«

Ihre Stimme klang betrübt.

»Ich habe versucht, dich zu befreien.«

Sie streichelte sanft seine Wange und nickte.

»Siegfried hat mir berichtet, wie er dich von dieser törichten Tat abgehalten hat.«

»Ihr sprecht wahrhaftig miteinander?«, fragte Adrian verdutzt.

»Ja, mein Sohn. Siegfried ist ein guter Mann, glaube mir. Und bitte versprich mir, dass du es nicht noch einmal versuchst. Es werden andere Zeiten kommen, später.«

Sie machte eine Pause.

»Bitte habe Geduld, mein Herz. Im Moment würde es nur unser beider Tod bedeuten. Bitte, Adrian!«, sagte sie flehend. »Versprich es mir!«

Adrian schluckte.

»Ich verspreche es dir«, raunte er ihr schweren Herzens zu.

»Danke«, flüsterte seine Mutter erleichtert, zog sein Gesicht nah an das Gitter heran und küsste ihn sanft auf die Stirn.

»Nun geh zurück. Wir werden uns bald wiedersehen. Denke immer daran.«

Unwillig wandte sich Adrian ab.

»Adrian? Du kannst Siegfried wirklich vertrauen«, hörte er sie noch sagen.

In den kommenden Wochen ermöglichte Siegfried weitere Treffen zwischen Adrian und seiner Mutter. Stets stand er aufmerksam Schmiere. Adrian fiel auf, dass auch Siegfried sich jedes Mal von Gretha verabschiedete, und diese Verabschiedung nahm mehr und mehr einen zärtlichen Unterton an. Wenn Siegfried Adrian Botschaften von ihr überbrachte, hatte er oft ein leicht seliges Lächeln aufgelegt und Adrian war klar, dass Siegfried Gretha sehr zugetan war.

Adrians Ausbildung ließ ihn mehr und mehr zu einem ernst zu nehmenden Kontrahenten in Kampfsituationen und pfiffigen Gegner in Geschicklichkeitsaufgaben werden. Siegfried erzählte Adrian, dass er sich sicher sei, dass selbst von Eichenthurm sich mittlerweile eingestehen müsse, dass sich Adrian zu einem seiner besten Mannen mausere.

»Aber er vertraut dir nicht, Adrian. Das ist das große Problem. Er weiß, dass du nicht freiwillig hier bist. Und dass er Gretha als Druckmittel einsetzt, macht es nicht besser. Es tut mir leid, aber rechne nicht damit, dass es Lockerungen für dich und Gretha geben wird.«

LIV

»Hey Mum. Ich bin es. Ist Dad zu Hause?«, meldete sich Liv am Telefon.

»Hallo Schatz! Wie geht es dir, Kleines? Nein, dein Vater ist noch unterwegs«, hörte sie die vertraute Stimme ihrer Mutter aus dem Hörer.

»Gut, Mum. Ich rufe an, weil ich dich etwas fragen wollte.«

»Ja, klar. Schieß los. Wie kann ich dir helfen?«

»Kannst du dich noch an das Hotel erinnern, in dem wir immer übernachtet haben, wenn Dad auf Geschäftsreise in Berlin war?«

»Natürlich, Sweetheart, was ist damit?«

»Ich bin doch eines Nachts in euer Schlafzimmer geplatzt. Weißt du das noch?«

»Livy, Schatz, du bist sehr oft nachts zu uns ins Bett gekommen.«

»Ich hatte da einen schlechten Traum.«

»Oh, du hast sehr oft schlecht geträumt.« Ihre Mum wirkte betroffen.

Okay, ich versuche es anders, dachte Liv. »Hat Dad sich damals irgendwie verändert in Berlin?«

»Wie meinst du das?« Jetzt klang ihre Mum besorgt.

»Ich meine, gab es dort im Berliner Hotel eine Nacht, nach der sich Dad plötzlich verändert hatte?«

»Schatz, du beunruhigst mich. Was meinst du?«

»Mum, ich meine, hattest du mal den Eindruck, ihm fehlt etwas?«

»Dass er krank geworden ist, meinst du?« Eine leichte Entspannung war in der Stimme ihrer Mutter hörbar.

»Ja, so was in der Art. Ist er in Berlin über Nacht mal krank geworden?« Liv war erleichtert, das Gespräch mit dieser weniger bedrohlich wirkenden Umschreibung fortführen zu können.

»Lass mich überlegen. Hm, jetzt, wo du fragst.«

»Ja?« Livs Nerven waren aufs Äußerste gespannt.

»In Berlin hatte er damals einen leichten Schlaganfall. Davon hat er glücklicherweise nur die Migräne zurückbehalten. Es war aber auch eine sehr anstrengende Zeit.«

»Und vorher hatte er nie Kopfschmerzen?«, fragte Liv genauer nach.

»Zumindest hatte er vorher keine so starken Schmerzen. Warum interessiert dich das?«

»Nur so, Mum. Ich habe die Tage immer mal an früher denken müssen. War er eigentlich schon so ...« Wie nenne ich das jetzt am besten? Sie grübelte. Durchsetzungsstark vielleicht? Ja, das Wort kann ich nehmen, ohne jemanden zu verletzen. Herrisch und autoritär hätte es besser getroffen, aber Liv wusste, dass sie damit ihre Mutter gegen sich haben würde und sie wollte ja schließlich an Informationen kommen. » ... durchsetzungsstark, als ihr euch kennengelernt habt? Du hast mir nie erzählt, was für ein Mann Papa war, als du dich in ihn verliebt hast.«

»Oh, das ist lange her Livy. Dein Vater war damals ein witziger, strahlender Mensch, sehr tierlieb und herzlich.«

Das kann ich mir gar nicht vorstellen, dachte Liv. Sie kannte ihn nur als Haustyrann. Ihr Vater, ein karriere- und leistungsorientierter Mann. Sie erinnerte sich nur zu gut, wie er seine Familie vor vollendete Tatsachen gestellt hatte. Eines Abends hatten sie, ihre Mutter und ihr Vater beim Abendbrot gesessen, als er verkündet hatte:

»Ich werde in 6 Wochen meinen Kollegen Smith in der Chefetage in Berlin ablösen. Die Firma hat bereits ein Haus für uns angemietet und regelt den weiteren Umzug«.

»Aber«, hatte Liv versucht, sich zu Wort zu melden.

»Keine Widerrede! Sondern basta! Du wirst dort deinen Schulabschluss machen und studieren gehen«.

»Ich will aber nicht nach Deutschland und schon gar nicht nach Berlin«, hatte es Liv erneut versucht. Sie war zusammengeschrocken, als ihr Vater mit der flachen

Hand auf den Tisch geschlagen und scharf »Ende der Diskussion« gezischt hatte.

Liv schüttelte die Erinnerungen ab. »Und wann wurde er ernster?«

»Der Job hat ihm ganz schön zugesetzt. Dadurch ist viel von seiner Leichtigkeit verschwunden.«

»Hatten die Kopfschmerzen damit zu tun?«

»Ja, Livy, da sagst du was. Ja, zu der Zeit hat er sich tatsächlich verändert. Aber verändern chronische Schmerzen nicht jeden?«

»Ja, Mum, Schmerzen verändern die Menschen.« Und ich habe eine Vermutung, warum er diese Schmerzen hat. Irgendetwas ist hier grundlegend faul. In ihr wuchs der Drang, dieser mysteriösen Sache auf den Grund zu gehen.

ADRIAN
BURG EICHENSTEIN IM JAHRE 1364

Es war ein goldener Herbsttag und noch früh am Morgen. Nebel lag in langen Schwaden auf den Feldern, als Adrian und die übrigen Untertanen geschäftig die letzten Vorbereitungen für die große Jagd verrichteten.

Die große Jagd war das herausragende Ereignis, zu dem Roland von Eichenthurm einmal im Jahr die Edelleute der weiteren Umgebung einlud. Diese Veranstaltung versprach neben einer spannenden Hetzjagd auf Hirsche und Sauen vor allem das sich anschließende fürstliche Festessen. Dieses Festgelage war legendär und der Burgherr ließ sich nicht lumpen.

In den letzten Wochen schon war alles auf dieses Fest ausgelegt gewesen. Adrian war hauptsächlich im Wald eingesetzt worden. Er und ein kleiner Trupp Mannen, mit Axt und Säge bewaffnet, liefen die möglichen Reitstrecken ab. An Stellen, an denen sich die Natur zu weit in die Wege vorgewagt hatte, schlugen sie eine Schneise. Das Wild würde zwar die Wege meiden, aber eine Querung derselben war nun besser zu überblicken. Die Hunde würden das Wild aus dem Dickicht heraustreiben und so konnten die Reiter an strategisch günstigen Punkten warten, um sich dann nach dem Geläut der Hunde wieder auszurichten.

Am Vortag reiste die Majorität der Teilnehmer an. Ein großes, buntes Zeltlager war errichtet worden. Fest im Boden verankerte Anbindebalken für die Pferde wiesen den Zelten eine gewisse Ordnung zu. Fahnen mit den Wappen der Edelleute wehten auf den Spitzen. Manch einer schien seinen gesamten Hofstaat mit sich zu führen. Und so tummelten sich neben den großen Zelten für die Ausrüstung auch zahlreiche kleinere Zelte für die Waffen, Knechte und den Proviant. Die Damen wurden unter ihresgleichen in der Festung untergebracht. Es herrschte geschäftiges Treiben und die Magie von etwas Großem lag in der Luft.

Dann war er endlich da, der Tag der großen Jagd. Der Frühnebel hatte sich noch nicht vollends gelichtet, als sich die Reiter sammelten. Mit Bögen und Messern bewaffnet kamen sie im Innenhof der Festung zusammen. Eine große Hundemeute kläffte unentwegt. Sie wurde von den Pikören vor dem Eingangstor außerhalb der

Festung zusammengehalten, indem sie ihre Hetz-
peitschen schwangen und damit eine Art imaginären
Zaun um die Meute bildeten. Die Pferde tänzelten und
scharrten mit den Hufen. An Roland von Eichenthurms
Seite fanden sich Siegfried und Ullrych ein und bildeten
mit dem Ausrichter des Ereignisses zusammen den Anfang in der Aufreihung der Jagdgesellschaft.

Die Fenster gegenüber der Aufstellung im ersten Stock
wurden geöffnet. In jedem Fensterrahmen erschien je ein
festlich in Loden gekleideter Hornbläser, über der rechten Schulter ein goldglänzendes Jagdhorn tragend.

Von Eichenthurm hob seinen rechten Arm. Die Reiter
verstummten und die Bläser nahmen ihre Jagdhörner in
Position. Die Meute aus Bracken jedoch war davon nicht
zu beeindrucken und kläffte lautstark ihre Ungeduld in
den Innenhof. Als Roland von Eichenthurm seinen Arm
senkte, setzten die Bläser an und der Auftakt zur Jagd erscholl aus den Jagdhörnern. Als der letzte Ton verklungen
war, wurden die Jagdhörner synchron wieder geschultert
und von Eichenthurm wandte sich an die Piköre. Diese
ließen nun den Hunden freien Lauf und die Meute schoss
los. Von Eichenthurm rief dreimal »Horridoh!«, das
jeweils von einem einstimmigen »Jo-Ho!« der Jagdgesellschaft beantwortet wurde. Dieses Ritual stellte das
Zeichen zum Start der Jagd dar und der Burgherr ritt
als Erster aus dem Torbogen hinaus. Die anderen Reiter
folgten in lockerem Trab.

Adrian konnte sehen, wie die Meute sich über die weite

Ebene in Richtung Wald bewegte. Es dauerte nicht lange, und die im Burghof Verbliebenen konnten das Hetzgebell der Bracken vernehmen. Die Hunde hatten die Spur aufgenommen. Es würde dauern, bis die ersten Reiter zurückkehrten, das wusste Adrian. Und so hatte er Zeit, die Küche aufzusuchen. Er hatte die Hoffnung, einige Worte mit seiner Mutter wechseln zu können.

»Adrian!« Gretha strahlte ihn über einen langen Holztisch hinweg an, als er das Küchengewölbe betrat. Hier ging es geschäftig zu. Und prompt wurde Adrian von einer Magd geschnappt und auf einen Schemel am kurzen Ende des Tisches befördert. »Wir können hier faul im Weg herumstehendes Mannsfolg nicht brauchen!«

Adrian musste lachen und fügte sich. Gretha nahm ihren Korb mit Wurzelgemüse und ging zu Adrian an den Tisch. So konnten sie in Ruhe reden, während Grethas flinke und geschickte Hände die Wurzeln mit einer kräftigen Bürste bearbeiteten. Adrian hielt sie ein kleines Schälmesser hin und deutete auf die gereinigten Rüben. Er begann, das Gemüse in akkurate Streifen zu schneiden.

»Sind die Herrschaften aufgebrochen?«

»Ja, Mutter. Es wird dauern, bis sie zurückkehren. Wie geht es dir?«

»Es geht mir gut, Junge.« Im Flüsterton fügt sie hinzu:

»Siegfried hat es tatsächlich geschafft, dass einige Einschränkungen aufgehoben wurden. Sieh nur, ich muss keine Fesseln mehr tragen.« Glücklich lupfte sie ihre Röcke und streckte ihm ihre Knöchel entgegen.

»Das ist fantastisch!« Adrian freute sich mit ihr. Und sofort durchzuckte ihn ein Gedanke.

Seine Mutter hatte ihn wahrgenommen und wisperte rasch: »Nein, das wirst du nicht, das werden wir nicht tun. Bitte, Adrian. Sei vernünftig. Uns geht es hier gut. Zu flüchten bedeutet nur unseren Tod. Bitte, Adrian! Das möchte ich nicht!«

»Wir werden sehen, Mutter.«

Für Adrian war dieses Thema noch lange nicht abgehakt.

Nach einer Weile bemerkten sie eine gewisse Unruhe, die vom Innenhof zu ihnen in die Küchengewölbe sickerte. Adrian spähte aus dem Fenster und sah, wie eine Menschentraube auf das Tor zulief, etwas zu umschließen schien und sich dann ins Zentrum des Innenhofes bewegte. Adrian rannte hinaus und zwängte sich durch die Menschen. Er konnte einen kurzen Blick auf Siegfried erhaschen, wie er inmitten der Menge auf seinem Pferd saß und im Begriff war, abzusteigen. Sein Gesichtsausdruck war zutiefst besorgt und blutige Streifen zierten seine Stirn.

»Macht Platz! Holt eine Bahre! Bereitet das Krankenlager vor!«, rief Siegfried.

Adrian rannte zum Holzschuppen in der Ecke des Innenhofes und griff sich die sperrige, hölzerne Trage. Mühsam zerrte er sie hinter sich her. Sie war dafür gedacht, dass mindestens zwei Männer sie zogen.

»Gut gemacht, Adrian«, empfing ihn Siegfried. »Hilf mir bitte, ihn vom Pferd zu heben.«

Jetzt erst konnte Adrian sehen, dass Siegfried einen offensichtlich Schwerverletzten über den Widerrist seines Pferdes gelegt hatte. Es war Ullrych. Vorsichtig hievten sie ihn vom Pferd und Adrian sah, dass ein blutdurchtränkter, tiefer Riss quer durch Ullrychs Wams verlief. Auf dem rechten Oberschenkel prangte eine weitere tiefe Risswunde.

»Wildschwein«, erklärte Siegfried knapp.

Ullrych war nicht bei Bewusstsein. Sein Atem ging schwer. Blut lief ihm aus dem Mundwinkel. So vorsichtig wie möglich hoben sie ihn vom Pferd und betteten ihn auf die Trage. Dann transportierten sie ihn ins Krankengemach. Der Heiler und die Geistlichen wurden gerufen. Der Heiler entblößte Ullrychs Bauchwunde. Bei diesem Anblick taumelte Adrian einen Schritt rückwärts.

»Mein Gott!«, ächzte Siegfried.

Der Bauch war eröffnet. Eingeweide waren zu sehen. Adrian war klar, dass Ullrych diese derartig schweren Verletzungen nicht überleben würde. »Wie konnte das passieren, Siegfried?«, fragte Adrian.

»Komm, wir gehen in den Gang hinaus. Dann werde ich es dir erzählen.« Und Siegfried berichtete, wie die Hunde einen stattlichen Hirsch aufgestöbert und diesen zum Bachlauf verfolgt hatten. Zu beiden Seiten des Bachs stieg das Gelände an, sodass die Reiter entweder von der einen Seite kommend in den Bach hineinspringen oder aus dem Bach heraus den Berg hinaufspringen mussten. Der Bachlauf bestand einerseits aus glitschigem Schlick, andererseits lagen Steine unterschiedlicher Größe im Bachbett, die durchaus für die empfindlichen Pferdebeine gefährlich werden konnten. Ullrych war mit seinem Pferd Siegfried auf dem Fuße gefolgt, doch beim Durchreiten des Bachbetts war Ullrychs Pferd ausgerutscht und gestürzt. Siegfried war des Unfalls von Ullrych erst gewahr geworden, als dessen reiterloses Pferd wieder zu ihm aufgeschlossen hatte. Siegfried hatte in dessen Zügel gegriffen und es eingefangen. Für ihn war es selbstverständlich und eine Frage der Ehre gewesen, von dem Hirsch abzulassen und nach Ullrych zu suchen. Er hatte den Bachlauf fast erreicht und gesehen, wie der pitschnasse und wütend schimpfende Ullrych sich gerade aus dem Wasser erhob, als plötzlich wieder Hundegebell, diesmal aber von der bachaufwärts gelegenen Seite zu vernehmen gewesen war. Erschrocken hatte Siegfried mit ansehen müssen, wie ein Stück den Bachlauf hinauf ein imposanter Eber aus dem Gebüsch gebrochen kam, dicht gefolgt von drei schlanken, hellfelligen Hunden, die nicht Teil der dreifarbig-gescheckten Bracken der Hundemeute gewesen waren.

»Wo zum Teufel kommen diese Hunde jetzt her?«, hatte Siegfried ausgestoßen. Doch da hatte es ihm bereits gedämmert: »Diese verlogenen, dreckigen Bauern!«

Der Eber war für einen Moment im Wasser stehen geblieben. Die Zeit hatte sich verlangsamt, als die Hunde begonnen hatten, den Eber zu stellen. Von drei Seiten hatten sie zugemacht. Die vierte Seite: »Neeeeein!«, war das Einzige, das Siegfried noch hatte rufen können, als der Eber Ullrych als das geringere Übel einschätzte. Er durchrannte ihn einfach. Mit einem gezielten Hieb seines kräftigen Kopfes hatte er dabei seine großen Hauer in Ullrychs Leib gehauen.

Adrian sah alles vor seinem inneren Auge, konnte Siegfrieds Grauen spüren, als wäre es sein eigenes, konnte das Blut sehen, das den Bachlauf rot färbte und war zutiefst erschüttert. »Wie meintet ihr das mit den Bauern?«, hakte Adrian nach.

»Diese verlogenen Bauern«, sagte Siegfried erbost. »Sie sagen, sie halten die Hunde, um ihre Felder vor dem Wild zu schützen, aber stattdessen wildern sie!«

»Ihr meint, die Bauern waren ebenfalls auf der Jagd? Das glaube ich nicht. Jeder im weiten Umkreis weiß, dass von Eichenthurms großes Jagdereignis stattfindet.«

»Dann streunen und wildern die Hunde eben. Ist mir egal! Beides ist gleich schlimm und muss bestraft werden! Dafür werde ich persönlich Sorge tragen, das schwöre ich!«

»Sagt mir, Siegfried, wenn ich irgendwie helfen kann.«

»Das kannst du gewiss, Adrian. Ich werde mit von Eichenthurm sprechen und wir kümmern uns darum, wenn das Fest vollzogen ist.«

Adrian nickte und wusste genau, was Siegfried mit »Wir kümmern uns darum« meinte und bereute unvermittelt sein Hilfsangebot. Aber gesagt war gesagt. Es war Ehrensache, zu seinem Wort zu stehen. Ein Rückzieher kam auf keinen Fall infrage.

Da vernahm Adrian eine heisere Stimme aus Ullrychs Krankenkammer, die sagte: »Lasst mich bitte einen Augenblick allein mit Ullrych.«

Adrian hatte für einen flüchtigen Augenblick lang das starke Gefühl, etwas Wichtiges vergessen zu haben.

Abends versammelten sich alle Teilnehmer der großen Jagd im Festsaal. Adrian war ebenfalls anwesend, koordinierte die Knechte und Mägde in der Bestückung der Tafel und wies den hereintretenden Herrschaften ihre Plätze zu.

Eine groß gewachsene Gestalt mit dunklem schütteren Haar und einer beachtlichen Hakennase betrat den Saal und Adrian eilte flink zu ihm. Auf Adrians Nachfrage nach dessen Namen antwortete dieser mit einer heiseren Stimme, die Adrian seltsam bekannt vorkam: »Andreas zu Dromhildt.«

Adrian beschlich eine plötzliche Nervosität in der Magengegend, die er nicht recht zuordnen konnte. Die Intensität des unguten Gefühls irritierte ihn, während er den Herren zu seinem Platz an der langen Tafel geleitete. Er musterte Andreas zu Dromhildt, als dieser nur vier Plätze zur Rechten des Gastgebers entfernt seinen Platz einnahm. Gesehen hatte Adrian diesen Mann zuvor noch nie, da war er sich sicher. Trotzdem wurde er das Gefühl nicht los, ihm schon einmal begegnet zu sein.

Der Festsaal hatte sich derweil vollständig gefüllt, als auch Roland von Eichenthurm eintraf. Seine Mine war ernst, als er seinen Platz an der Stirnseite der Tafel einnahm. Er schien sich einen Moment lang zu sammeln, dann erhob er sich und die Gespräche verebbten.

»Ullrych, der tapfere Krieger, wurde Opfer einer außergewöhnlichen Unverschämtheit eines oder mehrer meiner Vasallen. Hunde dieses Packs sind dafür verantwortlich, dass ein treuer Gefolgsmann schwer zu Schaden kam. Wir werden dies nicht ungesühnt lassen. Seid Euch gewiss, sie werden ihre Strafe bekommen und sie wird grausam sein, sollte Ullrych seinen Verletzungen erliegen.«

Betroffenes Gemurmel war zu hören. Von Eichenthurm hob seine rechte Hand und das Raunen erstarb.

Adrian hatte in von Eichenthurms Rücken an der Wand stehend seinen Platz eingenommen und blickte wachsam in die Runde. Immer wieder verharrte sein Blick auf dem Herrn zu Dromhildt. Ihm fielen Siegfrieds so oft wiederholte Worte wieder ein: Lass dich nicht von Äußerlichkeiten irritieren oder von Unruhe fahrig werden lassen, konzentriere dich, baue deinen inneren Fühlungsraum auf, begebe dich hinein, sieh dich darin um, was siehst du?

Das war die Lösung! Erleichtert begab er sich in die unzähligen Male geübte Meditation. Um Adrian herum erlosch jedes Geräusch, von den Seiten schwappte Dunkelheit heran und ließ das Licht in seinem Fühlungsraum zusammenschrumpfen, bis schließlich nur noch ein scharf umgrenzter, sehr deutlich beleuchteter Bereich übrig blieb.

Was siehst du?

Ja, was sah er?

Klar und deutlich beleuchtet und scharf umschrieben blickte er auf Andreas zu Dromhildt. Doch was war das? Die Dunkelheit des Raumes waberte, Lichtschwaden begannen einzudringen. Warum konnte er den Raum nicht halten? Jetzt drangen auch noch Geräusche und Worte in seinen Fühlungsraum hinein und er hörte Roland von Eichenthurm, der sagte: »Trotz alledem stärkt Euch bitte an diesem reichlichen Mahl und lasst uns unsere Zusammenkunft obgleich dieser tragischen Überschattung feiern!«

Von Eichenthurm griff zu der nur für ihn bestimmten und vor ihm stehenden Karaffe und befüllte seinen Kelch mit Wein. Dann hob er den Kelch an und streckte ihn in die Runde.

Noch stach Andreas zu Dromhildt für Adrian gestochen scharf aus der Umgebung heraus und so konnte er einen winzigen Moment erhaschen, als ein angedeutetes hämisches Grinsen über dessen Gesicht huschte, als Roland von Eichenthurm seinen Becher erhob:

»Auf eine gelungene Jagd und einen festlichen Abend! Prost!«

Der Burgherr führte den Kelch zu den Lippen. Just in diesem Moment fiel es Adrian wie Schuppen von den Augen.

Gift!

Das war es, was er damals in dem Gang auf dem Weg zu seinem ersten heimlichen Treffen mit seiner Mutter belauscht hatte. Ja! Und die heisere Stimme in Ullrychs Krankenzimmer! Ullrych musste das Gift bei sich getragen haben und der Heisere hatte es sich im Krankenlager angeeignet.

Adrian hechtete los.

»Nein, nicht trinken!«

Und schon war er bei von Eichenthurm angelangt, griff nach dem Kelch und verhinderte, dass dieser ihn an die Lippen bringen konnte. Siegfried zu von Eichenthurms Linken reagierte sofort, sprang auf und umschlang Adrians Oberkörper.

Roland von Eichenthurm wollte gerade erstaunt und erbost zugleich lospoltern, als Adrian ihm zuvorkam.

»Gift, Herr! Der Wein ist vergiftet und dieser Mann ist dafür verantwortlich!«, presste Adrian heraus, während Siegfried ihn rückwärts mit sich zog. Adrian deutete auf zu Dromhildt.

»Wie bitte?«, empörte sich zu Dromhildt.

»Welch eine Unverschämtheit! Bestraft euren Knecht für diese unverfrorene Dreistigkeit! Oder soll ich es selbst tun?« Zu Dromhildt war aufgesprungen, hatte sein Messer aus seinem Gürtel gezogen und lief auf den von Siegfried umklammerten Adrian zu. Siegfried ließ Adrian los und schubste ihn hinter sich. Dann stellte er sich schützend vor Adrian und zog sein Schwert.

»Andreas! Haltet inne! Sofort!«, forderte von Eichenthurm zu Dromhildt auf. Dieser senkte sein Messer, blieb aber vor Siegfried aufgebaut stehen. Von Eichenthurm wandte sich an Adrian: »Adrian, was soll das? Was ist in dich gefahren?«

»Gift, Herr. Dieser Mann hatte mit Ullrych einen Anschlag auf Euch geplant. Vor vielen Wochen war ich heimlicher Zeuge dieser Absprache, konnte aber mit den dort vernommenen Worten nichts anfangen. Doch eben, als Ihr Euren Kelch angehoben habt, war alles klar. Euer Wein ist vergiftet. Glaubt mir bitte!«

Roland von Eichenthurm blickte nachdenklich in seinen Kelch, dann sah er zu Andreas zu Dromhildt. »Was sagt Ihr zu dieser Anschuldigung?«

»Verleumdung! Das ist eine maßlose Infamie Eures Knechts!«

Von Eichenthurm blickte zwischen Adrian und zu Dromhildt hin und her. Im Saal herrschte eine große Anspannung und es war mucksmäuschenstill. Dann wandte er sich an Siegfried: »Was meint ihr, mein treuer Freund?«

Siegfried drehte sich zu Adrian um. In Adrian breitete sich eine Eiseskälte aus. Er wusste, würde er falschliegen, wäre es sein Todesurteil, und nicht nur das seine.

Ängstlich blickte er in Siegfrieds Augen. Dann setzte Siegfried an: »Herr, wir sollten Adrians Anschuldigung ernsthaft prüfen.«

»Was?! Ich mache Eurem Burschen Beine! Lasst mich

durch!«, brüllte Andreas zu Dromhildt empört. »Ich werde diesen Lügner selbst bestrafen!«

Andreas wollte losstürmen, sein Messer vor sich gereckt, doch von Eichenthurm hatte seinen Wachen ein Zeichen gegeben, zu Dromhildt zu ergreifen. Sie packten und entwaffneten ihn und hielten den lautstark lamentierenden und zappelnden Mann fest.

»Sprecht weiter, Siegfried«, erteilte Roland Siegfried wieder das Wort.

»Herr, es gibt keinen Grund, warum Adrian lügen sollte. Lasst uns die Anschuldigungen prüfen.«

»Was schlagt Ihr vor?«

»Lasst Andreas zu Dromhildt vom Wein Eures Kruges trinken. Dann werden wir sehen, ob er vergiftet ist.«

Dieser riss seine Augen panisch auf und schrie: »Nein, das könnt Ihr nicht tun. Er lügt! Seht Ihr das denn nicht? Er lügt!«

»Was habt ihr zu befürchten, mein lieber Andreas? Wenn Adrian wirklich lügt, so wird Euch nichts geschehen.« Von Eichenthurms Stimme war eiskalt und ruhig. An zwei weitere Mannen gewand fuhr Roland fort: »Flößt ihm den Wein ein!«

Mit Gewalt zwangen sie den vergeblich zappelnden Andreas zu Dromhildt zur Einnahme des Weins. Es dauerte nur wenige Minuten, dann begann dieser zu krampfen. Die Wachen ließen ihn los und er fiel mit verrollten Augen zu Boden. Sein Körper zuckte und verbog sich in grausamer Art und Weise. Schaum lief ihm aus dem Mund. Wenig später war er tot.

Von Eichenthurm ließ sich in seinen Stuhl sinken. Er wirkte sehr nachdenklich und in sich gekehrt.

Nach einer Weile durchbrach er die im Raum herrschende Totenstille: »Schafft ihn weg! Schafft ihn mir aus den Augen!«

Dann schüttelte er sich und sprach in die Runde: »Was für ein Tag! Es hätte mein Letzter werden können, hätte nicht mein treuer Gefolgsmann mein Leben gerettet! Diener bringt frischen Wein herbei! Meine Lieben, nach diesem schweren Schock müssen wir um so mehr feiern. Hebt Eure Kelche und stoßt mit mir an! Lasst uns mein neu erlangtes Leben feiern!«

»Auf Roland von Eichenthurm!«, erscholl es vielstimmig im Tafelsaal.

Reihum wurde angestoßen und das Scheppern der Kelche füllte den Raum.

Früh am nächsten Tag, als die hohen Herren noch ihren Rausch ausschliefen, musste Adrian in der Küche aushelfen. Ihn störte das nicht. So hatte er wenigstens die Gelegenheit, ein paar Sätze mit seiner Mutter zu wechseln. Adrian schrubbte gerade mit Essensresten verkrustete Tonschalen, als ein Wachmann im Türrahmen erschien und Adrians Namen rief. Adrian musste unwillkürlich schlucken. In der Regel stand ihm etwas Unangenehmes bevor, wenn er gezielt ausgerufen wurde.

»Der Herr möchte dich sehen. Unverzüglich.«

Es war das erste Mal, dass er vollkommen allein mit Roland von Eichenthurm in dessen offiziellen Räumen war.

Von Eichenthurm strahlte, als Adrian den Raum betrat. Er schritt ihm entgegen und legte ihm seine Hand auf die Schulter. Bei der Berührung spannte Adrian instinktiv seine Muskeln an und unterdrückte den Impuls, einen Schritt zurückzutreten. Die überschwängliche Begrüßung gefiel ihm nicht.

»Adrian, mein treuer Gefolgsmann«, begann von Eichenthurm und deutete Adrian, näher zu treten. »Adrian, ich schulde dir meinen Dank. Du hast mein Leben gerettet.«

»Herr, das war mir eine Pflicht«, antwortete Adrian schüchtern.

»Nein, das war es nicht. Ich habe dich als Sklaven gehalten. Meine Mannen haben deinen Vater getötet und deine Mutter entführt. Du hättest allen Grund gehabt, mich nicht zu warnen. In deiner Tat sehe ich eine Loyalität mir gegenüber, die ich eigentlich nicht verdient habe.«

Adrians Magen zog sich unangenehm zusammen. Jede der aufgezählten Taten von Eichenthurms war wie ein Stich direkt in sein Herz.

»Herr, ich ...«

»Lass mich ausreden, Adrian. Du hast deine Treue meiner Person gegenüber mehr als manch ein anderer meiner engsten Leibgarde unter Beweis gestellt. Ich bin dir zu Dank verpflichtet.«

Adrian war sprachlos. Was sollte er darauf antworten?

»Herr, das war meine Pflicht.« Adrian wusste, dass dies die einzige Antwort war, die von Eichenthurm erwartete.

»Ich möchte, dass du deine Ausbildung mit meinen ergebensten Rittern zusammen weiterführst. Zeigst du mir weiterhin Loyalität und Treue, möchte ich nicht ausschließen, dass auch du eines Tages in den Ritterstand erhoben werden kannst. Die Zeit wird es weisen«, fuhr von Eichenthurm fort.

Adrian wiederholte von Eichenthurms Worte innerlich: Ich, ein Ritter? Ein Ritter! Sein Herz machte einen kleinen, freudigen Sprung und er sah sich in ferner Zukunft auf einem stattlichen Ross, herrschaftlich gekleidet, als Sieger eines Turniers, die Menge ihm zujubelnd. Er konnte ein Lächeln nicht unterdrücken.

»So sei es denn. Siegfried bleibt dein Ausbilder. Er wird dich in die Besonderheiten meiner Leibgarde einführen«, schloss von Eichenthurm.

»Herr, ich bin überwältigt. Ich kann das nicht annehmen.«

»Doch, natürlich kannst du das! Beschlossen ist beschlossen! Und nun geh. Melde dich bei Siegfried.« Von Eichenthurm wandte sich den Papieren auf seinem Schreibtisch zu.

»Herr? Und was ist mit meiner Mutter? Kann sie

Erleichterungen erfahren?« Adrian traute sich kaum, diese Frage zu stellen.

»Solange ich mir mit dir nicht tausendprozentig sicher bin, bleibt alles, wie es ist. Es geht ihr hier alles andere als schlecht. Es schadet ihr nicht, dass ich weiterhin ein wachsames Auge auf sie habe.«

Adrians anfängliche Freude war getrübt. Als er Rolands Zimmer verließ, fragte er sich, ob sich letztendlich wirklich etwas für ihn verändern würde?

Ullrych erlag seinen schweren Verletzungen und von Eichenthurm hielt Wort. Schon am übernächsten Tag bekam Adrian einen grausigen Eindruck davon, was es bedeutete, zu von Eichenthurms erlesenem Kreis zu gehören. Er schickte sie in das nächstgelegene Dorf, um seine angekündigte Rache auszuüben. Adrian hatte keine Wahl, er musste sie begleiten und dieser Tag wurde zu einem der schlimmsten seit dem gewaltsamen Tod seines Vaters durch von Eichenthurms Männer.

LIV

Liv saß in der Unibibliothek und hatte diverse dicke Schmöker vor sich ausgebreitet.

Dieser Typ, der sie so sehr beschäftigte, ja, richtiggehend in seinen Bann gezogen hatte, war der Grund dafür. Sie hatte gegrübelt und es hin und her gewendet. Was wäre, wenn er aus einer anderen Zeit käme? Sie war sich durchaus bewusst, wie verrückt das klang. Aber seine Kleidung wirkte mittelalterlich und wie auch immer war er seit dem Schlaganfall ihres Vaters nicht um ein einziges Jahr gealtert. Wie sonst wäre so etwas möglich?

Sie wusste rein gar nichts über die Geschichte Berlins, bis auf den Zweiten Weltkrieg natürlich und die Teilung der Stadt, der Mauerfall und die Wiedervereinigung mit Deutschland. Das war Schulwissen. Aber wie und wann hat sich diese Stadt entwickelt? Was geschah hier während des Mittelalters? Hat es Hexerei gegeben und gab es dazu Aufzeichnungen?

Liv musste unweigerlich an Filme wie Harry Potter denken. Wie war das gewesen? In einer vom Zaubereiministerium geheim gehaltenen Parallelwelt weilten Zauberer unter den nichtsahnenden Muggeln. Konnte so etwas tatsächlich möglich sein?

Oder war sie auf jemanden gestoßen, dem ewiges Leben zuteilgeworden war? Moment, wer hatte dazu geforscht? Alchemisten! Ja, genau, so hießen die!

Hatten sie nicht am Stein der Weisen geforscht? Dem musste sie auf jeden Fall weiter nachgehen.

Und dann gab es noch andere Ansätze in der Literatur, wie das Buch *Das Bildnis des Dorian Grey*. Wenn sie es richtig erinnerte, alterte dessen Porträt, er selbst aber blieb jung. Liv zog ihr Handy aus der Tasche und öffnete eine App. Dieses Buch musste sie dem SUB, ihrem virtuellen Stapel ungelesener Bücher, auf der To-read-Liste hinzufügen.

Nun, der Blonde war ebenfalls nicht gealtert. Irgendwas konservierte ihn irgendwie. Liv musste grinsen. Vor ihrem inneren Auge war ein Weckglas mit eingelegten Kirschen aufgeploppt.

Sie steckte das Handy zurück in ihre Tasche und hoffte, dass nicht zufällig einer ihrer Kommilitonen hier hereingeschneit kam. Vorsorglich hatte sie sich auch ein Buch über mittelalterliche Bauweisen ausgeliehen und ganz offensichtlich auf ihrem Tisch platziert. Sie hätte nicht gewusst, wie sie auf Nachfrage ihr Interesse an Hexerei hätte erklären sollen. Das Ganze war ihr ganz und gar peinlich. Auch mit Ann hatte sie weder über Adrian noch über ihre Gedanken zu der Nacht damals im Hotel gesprochen. Ann wusste nur, dass Liv unter Albträumen litt, die ihre frühe Kindheit betrafen. Das vermeintliche Monster in ihrem Zimmer in der Hotelsuite hatte sie in ihren Erzählungen verniedlicht und alle weiteren Fragen abgeblockt und dann geschickt das Thema gewechselt. Sie hatte auch in Zukunft nicht vor, Ann einzuweihen.

ADRIAN

BURG EICHENSTEIN IM JAHRE 1364

Drei Tage nach dem großen Festakt schickte Roland von Eichenthurm sie los. Sie waren bewaffnet mit Morgensternen, Schwertern, Lanzen und Messern. Ihr Auftrag war, brutal und Furcht einflößend aufzutreten und ein Exempel zu statuieren.

Von Eichenthurm hatte eine Schrift verfassen lassen, die zuvor in der Mitte des Dorfes verlesen werden sollte. Und so ritten sie in das Dorf, in dem sie die Hunde vermuteten, die für Ullrychs Tod durch den Keiler verantwortlich gemacht wurden.

Die Dorfbevölkerung war beunruhigt, als die Soldaten eintrafen, und merklich über deren starke Bewaffnung irritiert. Verschüchtert folgten sie dem Aufruf, sich in der Dorfmitte zu versammeln.

Siegfried verlas die Schrift:

»Bekanntmachung! Der Wald ist herrschaftlicher Wald von Roland von Eichenthurm. Verboten ist, den Wald zu betreten. Zuwiderhandlung wird bestraft!«

Siegfried setzte bewusst eine Pause, um seinen Worten Nachdruck zu verleihen. Dann fuhr er fort:
»Im Wald der Jagd zu frönen und seine Hunde dort Wild hetzen zu lassen, wird mit dem Tode bestraft!«

Langsam ließ er seinen Blick über jedes einzelne Gesicht in der Menge streifen. Viele konnten dem nicht standhalten und Adrian bemerkte, wie sie verängstigt zu Boden schauten.
»Drei eurer Hunde haben im Wald gewildert. Wir fordern die sofortige Herausgabe dreier hellfelliger Hunde, die vorgestern im Wald einen Keiler hetzten, und Bekanntgabe, wer deren Besitzer ist. Unverzüglich!«
Siegfried, Adrian und ihre Mitstreiter beobachteten die Menschenmenge. Albert war von seinem Pferd gestiegen und schnappte sich den erstbesten Bauern. Dieser wimmerte und beteuerte seine Unschuld.
»Heraus mit der Sprache!«, brüllte Albert. »Wer hält hier Hunde?«

Ein unruhiges Gemurmel entstand. Dann traute sich eine korpulente, ältere Frau mit verschmutzter Schürze um die Hüften zu sprechen: »Nur der Hinrich, der Schäfer, hält Hunde, Herr.«

»Hinrich soll vortreten!«

Zaghaft trat ein hagerer Mann in abgewetzter Kleidung auf Siegfried zu und sprach mit zittriger Stimme: »Herr, ich halte Hunde, aber nur zum Hüten meiner Schafe. Sie würden niemals Haus und Hof verlassen und wildern gehen. Niemals! Das schwöre ich!«

»Hält noch jemand Hunde?«, rief Albert in die Gruppe.

»Nein«, murmelte die Menge.

»So sei es denn!«, rief Siegfried in die Menge. »Ihr wisst um die Verbote, ihr habt sie missachtet und nun folgt die Strafe. Das habt ihr euch selbst zuzuschreiben!«

»Nein, Herr! Ich habe damit nichts zu tun. Meine Hunde hüten nur, sie jagen nicht. Ich schwöre es!«

Albert, der die Hände wieder frei hatte, ging auf Hinrich zu. Hinrich war die blanke Panik ins Gesicht geschrieben. Hektisch wandte er den Kopf hin und her, dann drehte er sich um und rannte durch eine Lücke in der Menge auf das offene Feld hinaus. Siegfried gab einem der Reiter ein Zeichen und dieser trieb sein Pferd an, den Flüchtigen zu verfolgen. Dabei schwang er seinen Morgenstern und ließ ihn, als er mit Hinrich aufgeschlossen hatte, erbarmungslos in dessen Schulter krachen. Hinrich schrie markerschütternd auf und fiel

zu Boden, rappelte sich gerade wieder auf, als der Reiter
schon von seinem Pferd sprang, seinen Dolch zog und
Hinrich damit die Kehle durchtrennte. Hinrich griff sich
an den Hals. Schwallartig ergoss sich das Blut über seine
Hände, er taumelte, fiel hin und blieb reglos liegen. Nicht
nur die Dorfgemeinschaft erstarrte, auch Adrian gefror
das Blut in den Adern. Alle Geräusche und Bilder waren
plötzlich wieder da. Er war zurückversetzt in seine Kindheit. Erinnerte sich, wie er und seine Mutter im Erdkeller
eng umschlungen kauerten, wie sie mit anhören mussten,
wie Adrians Vater regelrecht abgeschlachtet wurde. Einfach so, nur so zum Spaß.

Wut stieg in ihm auf. Er fühlte sich den Dorfbewohnern
verbunden und schämte sich, hier als Teil dieser metzeln-
den Soldaten aufzutreten.

Adrian bemerkte eine Regung in der Gruppe der Dorfbewohner und sah, wie sich eine Frau aus der Menge löste.
Laut weinend rannte sie zu Hinrich. Sie spukte Albert
hasserfüllt ins Gesicht und brach dann über Hinrich in
sich zusammen. Sie drückte ihn fest an sich und rief zu
Siegfried gewand: »Ihr seid der Teufel. Möge Gottes
Zorn über euch hereinbrechen!«

»Wir sind noch nicht fertig, Weib!«, sprach Siegfried
und gab Albert ein Zeichen. Dieser riss die Frau an den
Haaren hoch. »Wo ist Euer Hof?«

Die Frau antwortete nicht. Und als sie sich weiterhin
verweigerte, wandte er sich an die Dorfbewohner: »Wo
ist Hinrichs Hof?«

Einige deuteten westwärts und Siegfried gab das Zeichen, sich dort hinzubewegen.

Albert zog die wimmernde und fluchende Frau mit sich.

Am Hof angekommen, ließ Siegfried Adrian und Albert das Haus durchsuchen. Adrian war übel und er konnte nur mit Not ein Taumeln kaschieren, so weich waren ihm die Knie. Beim Betreten des Hauses hatte er ein weiteres Wiedererleben. Der Tisch, die Stühle, die Feuerstelle, alles erinnerte ihn an sein früheres Zuhause. Er sah seine Mutter förmlich vor sich, wie sie den Kessel über die Feuerstelle hängte und sich dann zu ihm umdrehte. Er konnte sie lächeln sehen. Sein Magen rebellierte. Albert riss ihn aus seinen Gedanken, als er ihn anstieß und auf eine in den Boden eingelassene Luke zeigte. Adrian lief es kalt den Rücken hinunter. Der Erdkeller.

»Geh hinunter und schau, ob sich da irgendwer versteckt. Bring ihn mit raus. Ich helfe draußen, die Hunde einzufangen.«

Dumpf und wie in weiter Ferne vernahm Adrian das Bellen von Hunden. Ihm war beklommen zumute. Mit zittrigen Fingern zog er am Riegel der Luke und öffnete sie knarzend.

Bitte, bitte, lass niemanden dort sein. Bitte lass niemanden dort sein, wiederholte er die Worte unaufhörlich in seinem Kopf.

Er stieg in das Dämmerlicht hinab. Am Boden

angekommen, verharrte er, lauschte in die Dunkelheit und sendete sein inneres Auge aus. Mist!

»Ich weiß, dass du dich hier versteckst. Und ich weiß, dass du dir denken kannst, was mit dir geschehen wird, wenn ich dich mit nach draußen nehme.«

Totenstille. Nur von draußen drangen unschöne Laute herein. Adrian konnte sich grob vorstellen, was gerade mit der Frau des Schäfers und den Hunden geschah.

»Wenn du mir versprichst, dich absolut ruhig zu verhalten und wenn du mir bei deinem Leben versprichst, hier im Versteck zu bleiben, bis einer der Dorfbewohner nach dir sieht, dann verschone ich dein Leben. Es genügt ein leises Ja und ich bin wieder weg.«

Adrian lauschte in die Dunkelheit, bis er ein zart gehauchtes »Ja« hörte. Es klang sehr jung und verängstigt. Vermutlich ein Kind des Schäfers.

Adrian zerriss es innerlich, als er zurück nach oben stieg. Auf der Burg zu trainieren und sich mit den anderen zu messen, war die eine Sache. Dies machte ihm Spaß. Aber Menschen zu quälen und abzuschlachten, das konnte und wollte er nicht. Er spürte, wie Wut in ihm aufstieg. Aber da war nicht nur der gegen Roland von Eichenthurm gerichtete Zorn. Nein, da war auch Bitterkeit. Denn er wusste, dass dies Teil des Paktes war, den er mit von Eichenthurm eingegangen war.

Er war gerade im Begriff, die Luke zu schließen, als Albert im Türrahmen erschien. Adrian zuckte zusammen.

»Und?«, fragte dieser mit einem Nicken in Richtung Luke.

»Dort ist keiner«, sagte Adrian.

»Gut, dann komm mit raus. Wir reiten zurück.«

Nicht weit vom Haus entfernt konnte Adrian die leblosen und blutverschmierten Leiber einer Frau und dreier Hunde sehen. Er schluckte. Er war froh, dass er nicht in die Lage gebracht worden war, töten zu müssen. Noch nie hatte er einen Menschen getötet. Er hoffte inständig, dass dieser Kelch auch in Zukunft an ihm vorübergehen würde.

Sie bestiegen die Pferde und Siegfried gab den Befehl zum Aufbruch. Im zügigen Trab ging es in Richtung Burg. Adrian ritt ganz hinten und hing trüben Gedanken nach, als Siegfried sich zu ihm nach hinten fallen ließ. Siegfried verlangsamte sein Pferd und Adrian tat es ebenso. Als sie Abstand zur Gruppe hatten und Siegfried sich sicher war, dass sie keine Mithörer hatten, fragte er Adrian: »Ich glaube zu wissen, wie es dir gerade geht. Du denkst an früher, oder?«

Adrian nickte.

»Du bist wütend auf uns und auf von Eichenthurm. Das verstehe ich.«

»Nichts verstehst du! Wie kann man aus bloßer Freude töten?«

»Niemand tötet hier aus Freude. Gut, dem einen geht es leichter von der Hand als dem anderen, doch glaube mir, niemand macht es gerne. Es war von Eichenthurms Befehl und dem haben wir uns zu fügen.«

»Und damals in meinem Dorf? War das auch ein Befehl? Hat damals auch ein Hund gewildert und das halbe Dorf musste dafür zahlen?« Adrian hatte Tränen in den Augen.

»Das damals tut mir unendlich leid. Wir sollten Schrecken verbreiten und Beute machen. Ich entschuldige mich aufrichtig für die Bastarde, mit denen ich geritten bin, die sinnlos gemeuchelt und dadurch so viel Leid hinterlassen haben.«

Siegfried war nah an Adrian herangeritten und legte ihm kurz aber mitfühlend die Hand auf das Knie.

»Zu töten ist eine der schrecklichsten Sachen, die ein Mensch tun kann. Es gibt Momente, da ist es vermeintlich okay, wenn man zum Beispiel ein Tier tötet, um es zu essen. Aber auch hier beendet man das Leben eines Wesens mutwillig. Spätestens aber, wenn man einem Menschen das Leben nimmt, spürt man am eigenen Leib, dass das Töten etwas mit einem macht. Eine eiserne, kalte Hand legt sich um dein Herz und drückt zu. Jedes Mal ein kleines bisschen mehr und dieses Gefühl wirst du nimmermehr los. Diese Schuld bleibt haften.«

Adrian war irritiert. Warum erzählte Siegfried ihm das? »Hast du die Frau des Schäfers getötet?«

»Ja«, antwortete Siegfried knapp und blickte ernst in Richtung der restlichen Gruppe. Die Männer lachten gerade über irgendetwas und würdigten Adrian und Siegfried keines Blickes.

»Junge«, wandte sich Siegfried wieder an Adrian, »ich

wünsche mir von Herzen, dass du niemals in eine solche Situation kommst, dass du niemals jemandem das Leben nehmen musst. Vielleicht verstehst du jetzt ein bisschen besser, warum ich dich so hart trainiere. Wenn du besser bist als dein Gegenüber, gewinnst du durch Fähigkeit und Intellekt, nicht durch Brutalität. Sei immer einen Schritt voraus und leise und gewandt wie ein Luchs.«

Siegfried trieb sein Pferd an und schloss wieder zur Gruppe auf.

ROLAND
BERLIN IM JAHRE 1368

Roland betrat den Innenhof seines neuen Refugiums. In direkter Nachbarschaft des Berliner Rathauses und der Gerichtslaube hatte er ein stattliches Haus bezogen. Im Vergleich zu seiner Burg war dieses natürlich kleiner, aber Roland empfand es als repräsentativ und angemessen. Hob es sich durch reichliche Verzierungen und durch seine Größe doch deutlich genug von den umliegenden Häusern ab. Ähnlich wie Burg Eichenstein, war das Gebäude als Vierseitenhof angelegt. Roland residierte in dem der Straße zugewandten und ansehnlichen Gebäudeteil. Seinen engsten Zirkel hatte er in dem einen

Seitenflügel, die Leibwache und das Gesinde im anderen Seitenflügel einquartiert. Die Stallungen und die Scheune fanden in der vierten Gebäudeseite ihren Platz.

Im Innenhof trainierten Siegfried und Adrian mit Schild und Schwert, als Roland an sie herantrat. Sie bemerkten ihn und hielten inne.

»Herr?«, fragte Siegfried und senkte sein Haupt.

»Begleitet mich«, antwortete Roland. »Ihr beide. Legt volle Montur an. Wir wollen Eindruck schinden, wenn ich mir einen Überblick über meinen neuen Wirkungskreis verschaffe.« Roland konnte ein selbstzufriedenes Grinsen nicht unterdrücken.

Endlich hatte er die ihm angemessene Anerkennung von höherer Stelle erfahren und durfte sein Potenzial voll ausschöpfen. Der Markgraf Ludwig III. zu Brandenburg hatte ihn in die Doppelstadt Berlin-Cölln gerufen und zum Schultheiß ernannt. Er hatte innerlich jubiliert, als der Markgraf explizit Rolands Stärken hervorgehoben hatte: Roland wäre für seine Härte und Unerbittlichkeit weit ins Land hinein berüchtigt. Diese Eigenschaften würden ihm als Ruf vorauseilen. Das war wie Balsam für seine Seele. Als Schultheiß hatte er auch das Amt des obersten Richters inne und Ludwig forderte ihn auf, hierüber Querulanten zu beseitigen und ein Exempel zu statuieren. Es war dem Markgrafen ein Dorn im Auge, dass die wohlhabend gewordenen Kaufleute und Gilden sich mehr und mehr einmischten und ihr Mitspracherecht forderten. Es wäre an der Zeit, ihnen Einhalt zu gebieten.

Roland war sich sicher, dass er durch das neue Amt seinen Einfluss würde ausbauen und stärken können. Er rechnete sich genüsslich aus, wie sich seine Taschen mit Gold und Münzen füllen würden.

Vor seinem Umzug hatte er sich ausführlich über die Organisation der Doppelstadt und die vom Volk zu entrichtenden Abgaben informiert. Hier interessierten ihn vor allem die Geldflüsse.

»Unser erster Gang führt uns zum Mühlenmeister«, sagte Roland, als Adrian und Siegfried, in volle Montur gekleidet und mit Schwertern bewaffnet, wieder zu ihm traten. »Hierfür müssen wir zum Mühlenhof.«

Siegfried nickte. »Der Mühlenhof ist nicht weit entfernt, Herr. Er befindet sich wie wir auf der Berliner Seite der Spree und schließt sich direkt an den Mühlendamm an.«

»Sehr gut«, antwortete Roland und rieb sich die Hände. Der Mühlenmeister trieb den Mahlzwang ein. Roland hatte sich informiert, dass dieser den zwölften Teil des Metzkorns in Naturalien ausgezahlt bekam und wusste, dass das ein durchaus lukratives Geschäft war. »Dann los«, sagte Roland und schritt zum Ausgangstor hinaus. Adrian und Siegfried flankierten ihn.

Im Mühlenhof wurde Roland enttäuscht. Der Mühlenmeister war nicht vor Ort. Sie erfuhren von einer Magd, dass er vermutlich in einer der Mühlen zu finden sei.

»Was heißt hier vermutlich?«, fragte Roland entrüstet. »Dann sucht ihn gefälligst und sagt ihm, dass der

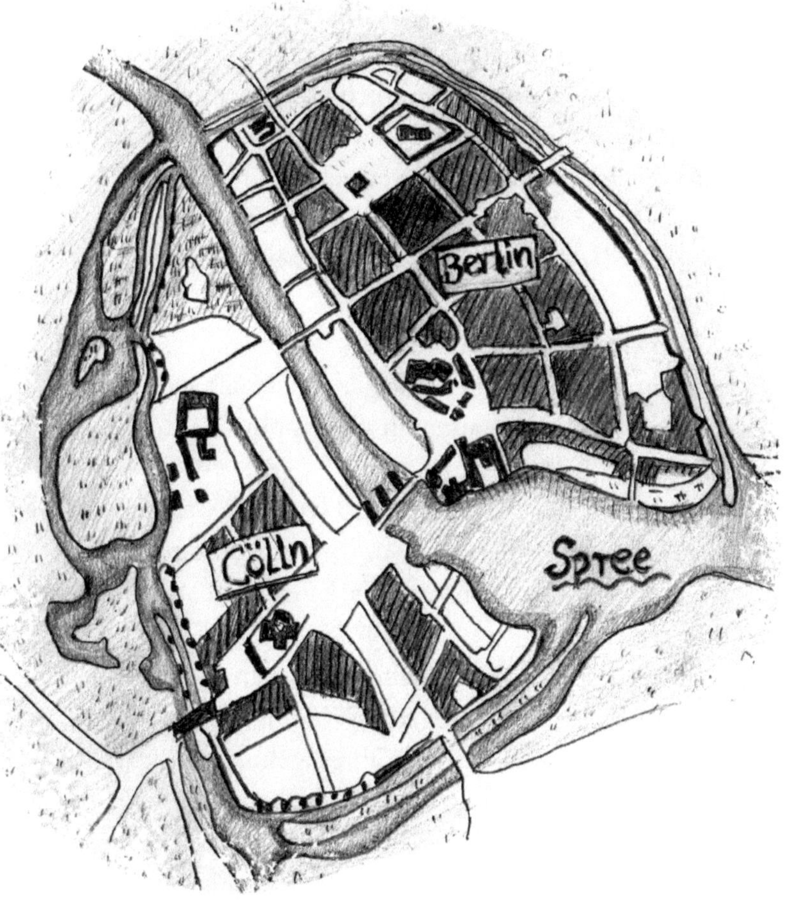

Berlin
Cölln
Spree

Schultheiß, Roland von Eichenthurm, ihn unverzüglich
zu sprechen wünscht!«

Die Magd verbeugte sich eilends und huschte davon.

»Siegfried, nach dem Mühlenmeister werden wir
uns den Mühlenhauptmann vorknöpfen. Mich würde
es wundern, wenn er tatsächlich unbestechlich wäre. Er
treibt die Standgebühren ein. Ich bin mir sicher, dass der
ein oder andere Kaufmann versuchen wird, sich eine bes-
sere Lage für seinen Stand zu erkaufen. Was meint Ihr?«,
fragte Roland, während sie auf den Mühlenmeister war-
teten.

Siegfried nickte zustimmend.

Roland drehte sich zur Tür, als er ein Schnaufen hörte.
Ein korpulenter Mann mit Schlapphut und von ge-
drungener Gestalt kam hastig auf sie zu.

»Mühlenmeister Wegerich, Herr«, stellte sich die-
ser mit einer Verbeugung vor und fuhr mit gesenktem
Haupt fort: »Zu Diensten. Wie kann ich behilflich sein,
Herr?«

Roland bemerkte genüsslich, dass sein Auftreten mit
seiner bewaffneten Leibgarde Wirkung gezeigt hatte.

»Mir sind Gerüchte zu Ohren gekommen, dass Ihr
Gelder veruntreut.« Roland verabscheute Floskeln und
langes Drumherumgerede. Er liebte es, sein Gegenüber
direkt zu konfrontieren und in Bedrängnis zu bringen.
Hier zeigte ein Mensch am ehesten sein wahres Gesicht.

Kurt Wegerich fuhr zusammen und blickte Roland
direkt an. Er wirkte empört. »Herr, wer behauptet so

etwas? Das ist eine schwere Anschuldigung, die Ihr da gegen mich erhebt.«

»Wie gesagt, es sind Gerüchte. Ihr werdet verstehen, dass ich diesen nachgehen muss«, antwortete Roland.

»Natürlich, Herr. Das verstehe ich. Ich würde mich doch sehr wundern, wenn Ihr bei mir Unregelmäßigkeiten findet. Kommt und habt Einsicht in meine Bücher.« Kurt Wegerich forderte Roland mit einer Armbewegung auf, ihm in Richtung seines Amtszimmers zu folgen, doch Roland bremste ihn aus.

»Später. Mein Getreuer«, hierbei zeigte er auf Siegfried, »wird sich der Sache annehmen und auf Euch zukommen. Sagt, wo finden wir den Mühlenhauptmann?«

»Walter Gerdmann? Nun, eigentlich sollte er auf dem Mühlendamm für Ordnung sorgen. Aber ...«, Roland sah, wie Wegerich nach den richtigen Worten zu suchen schien. »Ich würde mir die Suche zwischen den Buden ersparen und es direkt auf der Cöllner Seite in der Taverne am Ende des Mühlendamms versuchen. Ich bin mir sicher, dass Ihr ihn dort antreffen werdet.« Wegerich verbeugte sich wieder und Roland gab seinem Geleitschutz das Handzeichen zum Aufbruch.

Kaum hatten sie die Mühle verlassen, wandte sich Roland an Siegfried. »Was meint Ihr? Ist ihm zu trauen?«

»Herr, auf den ersten Blick würde ich sagen, dass er anständig erscheint.« Roland nickte. Das war auch sein Eindruck gewesen.

»Überprüft ihn, Siegfried. Sucht Euch aus seinen

Büchern stichprobenartig drei oder vier Bauern heraus und sucht sie in ihren Dörfern auf. Befragt sie.«

»Ja, Herr«, antwortet Siegfried.

»Jetzt knöpfen wir uns diesen Mühlenhauptmann vor. In der Taverne soll er sein.« Roland schnaubte verächtlich. »Da wird er wohl nicht zum Mittagessen eingekehrt sein.«

Sie betraten den Mühlendamm, das Herzstück, das Berlin und Cölln miteinander verband. Unzählige Buden und Verkaufsstände tummelten sich auf der Brücke. Zu Fuß bahnten sie sich ihren Weg durch das geschäftige Treiben.

Sie stöberten den Mühlenhauptmann tatsächlich in der Taverne auf, volltrunken und mit einer Frau schäkernd, die er auf seinem Schoß sitzend umschlungen hielt.

»Genau, wie ich es vermutet hatte«, sagte Roland verächtlich. Er gab Adrian und Siegfried das Zeichen, die Schwerter in Bereitschaft zu nehmen. Er liebte diesen Moment, wenn sich seine Soldaten in angriffsbereite Haltung begaben. Sie waren sein verlängerter Arm, bereit für seine eigensten Interessen in den Tod zu gehen.

»Gerdmann!« Roland verzichtete auf Höflichkeitsfloskeln.

»Wer stört?«, lallte der Mühlenhauptmann. Er machte keine Anstalten, hochzusehen oder von der Frau abzulassen.

Zorn stieg in Roland auf. Mit einer kurzen Handbewegung gab er Adrian das Zeichen, Gerdmann zu ergreifen. Dieser tat wie geheißen. Er stieß die Frau von Gerdmanns Schoß, riss ihn unsanft auf die Füße und fixierte seine Arme hinter seinem Rücken. Dann zerrte er ihn vor Roland, sodass er diesen ansehen musste.

»Ey! Was soll das?«, pöbelte Gerdmann und versuchte, nach hinten auszutreten.

Blitzschnell trat Siegfried vor ihn und verpasste ihm einen Schlag mit der Faust ins Gesicht. »So sprecht ihr nicht mit Eurem Herrn und Schultheiß Roland von Eichenthurm!«

»Nehmt ihn mit. Er kommt in den Kerker«, befahl Roland und lächelte hämisch. Hier war die Gelegenheit, die er sich erhofft hatte, um vor aller Augen das Exempel zu statuieren, das von ihm erwartet wurde und auf das er sich insgeheim so sehr freute. Von nun an würde ein anderer Wind in Stadt wehen.

Es war nicht schwer, Walter Gerdmann Bestechlichkeit im Amt nachzuweisen. Hinzu kam das verwerfliche Verhalten Roland gegenüber. Als oberster Richter nutzte Roland diese Punkte und inszenierte eine beeindruckende Gerichtsverhandlung. Er genoss es, in voller Härte das Urteil zu vollstrecken. Er verurteilte Walter Gerdmann zu drei Tagen am Pranger mit anschließender Verbannung aus der Stadt auf Lebenszeit.

Ganz anders verhielt es sich mit dem Mühlenmeister. Siegfried hatte sich aus den Büchern von Kurt Wegerich drei Bauern in der Umgebung herausgepickt und hatte sie zusammen mit Adrian aufgesucht und befragt. Sie konnten keine Beweise für eine Untreue finden und Roland sprach dem Mühlenmeister öffentlich ein Lob für seine Vorbildlichkeit aus.

ADRIAN
BERLIN IM JAHRE 1630

Vor vielen Jahren war er einmal in den Fokus *Streitbarer Hüter* geraten. Er erinnerte sich genau. Gerechnet in Jetztzeit musste es nunmehr fast vierhundert Jahre her sein. Der Dreißigjährige Krieg wütete und Berlin wurde bereits von der dritten Pestepidemie heimgesucht. Viel häufiger als sonst hatte er zum Nachschubholen nach draußen gemusst. Krieg und Seuche hatten dafür gesorgt, dass in zu kurzer Zeit zu viele angezapfte Personen im Außenraum verstarben. Mit ihrem Tod erlosch auch ihr Extrakt im Apparat. Im ätherischen Kuppelnetz flimmerte es kurz auf und dann verging zischend ein Faden im Netz. Einzelne Verluste in der Netzstruktur waren nicht schlimm. Das konnte die Kuppel verkraften. Von Eichenthurm aber wollte ein tadelloses Netz. Kein noch so kleines Loch durfte in der Kuppel zu sehen sein. Adrian vermutete, dass von Eichenthurms größte Angst war, sein kleines Königreich der konservierten Zeit an die Vergänglichkeit zu verlieren.

Während des kurzen Augenblicks des Durchschreitens des Übergangs spürte er wie die zahllosen Male zuvor, das Kribbeln auf der Hautoberfläche und hörte das Rauschen in den Ohren. Auch dieses Mal benötigten seine Augen einige Sekunden, bis sie sich an die abweichenden Licht- und Farbverhältnisse gewöhnt hatten. Adrian konnte rege Betriebsamkeit auf der Brücke über sich vernehmen. Er ordnete seine Kleidung, und erklomm vorsichtig die kleine Treppe und beobachtete die Wachmannschaft auf dem Turm. In einem passenden Moment betrat er die Brücke. Und dann, ganz plötzlich, war es da:

Sein Instinkt meldete Alarm!

Er spürte den durchdringenden Blick wie einen Messerstich in seinen Rücken. Die Wahrnehmung kam aus Richtung Rundturm. Verdammt, dachte er, nur bloß nichts anmerken lassen. Er schickte sein inneres Auge aus und begab sich bewusst lässig wirkend durch das Stadttor. Er folgte der Gertraudenstraße und hielt sich in Richtung Mühlendamm. Der Feind, so schätzte Adrians Fühlungnahme ihn ein, folgte ihm zwar zügig, war aber darauf bedacht, in Deckung zu bleiben, und hielt Abstand. Er musste unbedingt mehr über die Beweggründe des Verfolgers herausbekommen. Im besten Fall hatte dieser nur den Übertritt ins Jetzt gesehen, im schlechtesten Fall war er Adrian schon länger auf der Spur.

Letzteres hätte er doch bestimmt bemerkt, oder?

Er durchforstete seine Erinnerungen an die letzten Übergänge und seine Aufträge. Nein, da war nichts Auffälliges gewesen. Weder beim Übergang ins Jetzt noch nach NEW LENDT zurück. Seine letzten Aufträge hatten fast in vollkommener Dunkelheit stattgefunden, da es mondlose oder sehr bewölkte Nächte gewesen waren. Eine Extraktion im Schlafzimmer eines tief schlafenden und gut betuchten Ehepaares, eine an einem volltrunkenen Stallburschen, der seinen Rausch im Strohlager seines Herrn ausschlief, und eine an einem älteren alleinstehenden Mann, der an seinem Küchentisch eingeschlafen war. Alle Extraktionen waren schnell und ohne Mühen verlaufen. Also der Übergang selbst, schlussfolgerte er. Dann wird dieser Verfolger vermutlich plündern wollen. Er geht davon aus, dass ich Gegenstände von Wert mit mir führe. Und er ist sich nicht sicher, ob ich der Zauberkunde mächtig bin, deshalb wagt er keinen direkten Angriff. Er hat Angst vor mir, ist aber gierig. Adrian musste schmunzeln. Damit kann ich arbeiten, dachte er. Lässig schlendernd bewegte er sich weiter auf den Mühlendamm zu. Sein Ziel war eine Taverne in der Nähe des Cöllner Rathauses. Für einen offenen Kampf waren um diese Tageszeit einfach noch zu viele Menschen auf den Straßen unterwegs. Er musste Zeit gewinnen oder besser gesagt: Zeit vergehen lassen.

Zeit, ein wertvolles Gut, das einerseits zerrinnt und andererseits doch so im Überfluss zur Verfügung stehen kann, je nach Aufenthaltsort im Jetzt oder im Dort. Adrian liebte derartige Gedankenspiele. Sie verliehen ihm ein Gefühl der Überlegenheit gegenüber dem einfachen Volk. Unantastbar, fast unsterblich war er. Ein Wanderer durch Zeit und Raum in einer Welt der Kurzlebigkeit und Vergänglichkeit. Wenn die Leute um ihn herum nur wüssten!

Adrian trat durch eine Tavernentür, die ihre besten Zeiten bereits hinter sich hatte, in einen dunklen, verräucherten Raum. Ein Feuer brannte in einem großen Kamin. Trotz der recht milden Temperaturen draußen und des Feuers hier drinnen strahlten die steinernen Wände eine feuchte Kälte aus. Adrian fröstelte. Er war diese Temperaturschwankungen nicht mehr gewohnt. Ich werde weich, musste er sich zwangsläufig eingestehen. In NEW LENDT herrschte stets eine konstante Temperatur, warm und trocken. Schnee und Regen gab es nicht, ebenso wenig Jahreszeiten. Und auch der Wechsel zwischen Tag und Nacht fand nicht mehr statt. Es herrschte eine ebenmäßige Unendlichkeit, in der grelles Licht und bunte Farben fehlten.

Adrian wandte sich der hölzernen Theke zu und bestellte ein Stück Brot mit Schmalz und einen Krug

Wasser. Er hätte gerne Rotwein bestellt, doch mit einem Verfolger und potenziellen Angreifer im Schlepptau, würde er sich mit Alkohol nur unnötig schwächen. Er ließ sich an einem kleinen Tisch nah der Eingangstür nieder. Lange musste er nicht warten, bis ein stämmiger Mann mit dunklem Haar und ungepflegtem Bart die Taverne betrat. Seine Augen huschten durch den Raum. Scheinbar vertieft in sein Abendmahl nahm Adrian im Augenwinkel wahr, wie die Augen des Verfolgers eine Sekunde zu lang auf ihm haften blieben. Der Bärtige nahm weiter hinten im Raum Platz und Adrian hörte mit Genugtuung, dass er sich einen großen Krug Wein bestellte.

Als Adrian durch die schmutzigen Fenster sehen konnte, dass sich die Dunkelheit über Berlin und Cölln gelegt hatte, erhob er sich. Bevor er die Taverne verließ, bemerkte er, dass auch der vermeintliche Verfolger Anstalten machte zu zahlen und aufzubrechen. Mittlerweile hatten sich die Straßen geleert und Adrian hielt zügigen Schrittes auf den Mühlendamm zu, wollte einen Vorsprung vor dem Bärtigen gewinnen.

Der Mühlendamm stellte nicht nur die Verbindung zwischen Cölln und Berlin über die Spree dar, sondern war auch tagsüber eine stark belebte Geschäftsstraße. Neben den Mühlen und dem Stauwerk befanden sich hier zahlreiche Buden. Doch jetzt war von der Geschäftigkeit des Tages nichts mehr zu merken. Nur noch wenige Menschen waren auf der Brücke unterwegs. Adrian passierte die prächtige steinerne Front der Kollonaden, hinter welcher sich die Verkaufsbuden geschlossen in die Dunkelheit drückten. Dies war ein Stadtbereich, der sich in den letzten Jahren immer wieder stark gewandelt hatte. Drängten sich dort vor Jahren noch Buden und Stände aus Holz, so hatte man mittlerweile durch die unzähligen Brände gelernt und zumindest Teile der Verkaufsgebäude mit einer steinernen Basis versehen.

Er erreichte den Mühlenhof. Der Mühlenmeister hatte sein Tagwerk beendet und so lag der Hof dunkel da. Adrian folgte der Straße noch ein Stück, um dann an der nächsten Ecke rasch abzubiegen. Im Abbiegen bemerkte er bereits, dass dies ein Fehler gewesen war.

Eine Falle!

Adrians innere Stimme schrie förmlich. Statt sein inneres Auge in alle Richtungen auszuschicken, wie er es sonst tat, hatte er es ausschließlich auf den Verfolger ausgerichtet gehabt. Zu sicher war er sich gewesen, dass er es nur mit einem Angreifer zu tun hatte. Er drückte sich in das Dunkel eines Hauseingangs, holte tief Luft und entsendete sein inneres Auge die Straße weiter hinab. Dort lauerten in circa fünfzig Metern Entfernung weitere vier Gestalten in der Dunkelheit. Sie hatten ihn bemerkt, als er um die Ecke gelaufen war, und er konnte hören, wie sie sich leise Zeichen gaben. Adrian öffnete seine Ledertasche und entnahm ihr eine kleine Kugel. Als er sich sicher war, dass der bärtige Verfolger die Straßenecke fast erreicht hatte, schleuderte er die Kugel kraftvoll so von sich weg, dass sie mit Schwung die dunkle Straße weiter hinab in Richtung des Hinterhalts rollte. Exakt in dem Moment, als der Verfolger den Hauseingang erreichte, in dem sich Adrian verbarg, rumpelte und rumorte es aus Richtung der im Hinterhalt Wartenden. Adrian sah, wie der Verfolger innehielt. In diesem Moment gaben Wolken eine schmale Mondsichel am Himmel frei, sodass er die Umrisse des gedrungenen, sehr kräftig wirkenden Mannes erkennen konnte. Er hielt die Luft an und drückte sich noch tiefer in den Hauseingang. Für einen Moment war er darauf gefasst, dass der Mann ebenfalls in diesem Hauseingang Schutz suchen würde. Doch nach kurzem Zögern begab er sich eilig weiter in Richtung des Geräusches. Adrian zählte innerlich: fünf, vier, drei, zwei, eins. Ein leuchtend heller, geräuschloser Blitz durchfuhr die Nacht und blendete hoffentlich die Angreifer. Für Adrian war es das Zeichen, aus seinem Versteck zu huschen. Er rannte auf leisen Sohlen in Richtung Mühlendamm zurück. Sein Plan ging auf. Er wusste, dass eine schmale Treppe zur Spree hinabführte und am diesseitigen Ufer mehrere kleinere Boote angebunden waren. Er wählte das am weitesten flussabwärts liegende Ruderboot hinter der Stadtschleuse. Es war mit einem gewachsten Leinentuch überspannt, geschickt band er es los und schlüpfte darunter. Geräuschlos stieß er sich vom Ufer ab und trieb mit der Strömung langsam flussabwärts. Kurz vor Erreichen der Langen Brücke zog er die Plane ein gutes Stück zurück, sodass er aufrecht sitzen konnte. Er nahm sich die Ruder zur Hand und ruderte lautlos auf einen Ankerplatz unter der Brücke zu, vertäute das Boot und schlüpfte wie ein Schatten zurück an Land. Adrian wähnte sich nach seiner taktischen Meisterleistung in Sicherheit. Entspannten Ganges schlenderte er in Richtung Heiliggeistspital. Er hatte es sich zur Gewohnheit gemacht, in der Dunkelheit um das Gebäude herum zu pirschen und mögliche, unverschlossene Zugangswege ausfindig zu machen. Meist wurde er nicht enttäuscht. In dieser Nacht konnte er durch die Tür eines Nebenzugangs huschen. Im Inneren des Spitals hörte er Stöhnen und Wehklagen. Sie kamen aus den Holzbuchten, in denen die Kranken untergebracht waren. Adrian erschauderte bei all dem Leid und Schmerz, die an sein Ohr drangen. Er sammelte sich, verdrängte die beklemmenden Laute aus seinem Bewusstsein und entsandte sein inneres Auge. Niemand da, der stört, dachte er und trat in den menschenleeren Gang. In die Backsteinwände zu Adrians Rechten und Linken waren kleine Nischen eingelassen. In unregelmäßigen und weit gestreuten Abständen erhellte je eine einzelne Kerze notdürftig den Korridor. Lautlos erreichte er schließlich die Kammer der Nachtwache und fand sie tief und fest schlafend auf einer einfachen Pritsche liegend vor. Der Mann lag auf der Seite und hatte den Kopf auf den Händen gebettet. Er war nicht zugedeckt und so konnte Adrian die Verschmutzungen auf der Kleidung sehen und riechen, als er ganz nah herantrat. Monoton entnahm er seiner Ledertasche das kupferne Gerät. Gedanken darüber, welchen menschlichen Ausscheidungen die Verschmutzungen auf der Kleidung wohl zuzuordnen waren, blendete er aus, als er den Extraktor auf der Schläfe des Schlafenden aufsetzte. Routiniert und flink erntete er einen silbrigen Nebel. Der Vorgang maß alles in allem nur wenige Sekunden. Adrian wandte sich zufrieden ab und ließ den Verschluss des Extraktors zuschnappen. Sein nächstes Ziel waren die Buchten der Kranken. Sorgfältig mied er die, die ganz offensichtlich dem Siechtum und körperlichen Verfall anheimgefallen waren. Er wählte für seinen weiteren Beutezug einen Verletzten, dessen Erkrankung anscheinend nur im Bruch des Oberschenkels zu bestehen schien. Ein blutdurchtränkter Verband war um das rechte Bein des Mannes gewickelt. Adrian konnte feine Schweißtropfen auf der Stirn sehen, als er seinen Extraktor ansetzte. Der feine Nebel hatte bereits zu fließen begonnen, als der Mann die Augen aufriss. Adrian unterdrückte den Reflex zusammenzuzucken und den Extraktor zurückzuziehen. Nichts war schlimmer, als unzusammenhängende Fragmente des wertvollen Seelenfluids zu erhalten. Es machte alles, was er bereits zusammengetragen hatte, unbrauchbar. Und, man konnte sich natürlich darüber streiten, ob es für NEW LENDT wirklich von Belang war, aber es hinterließ schwere psychische Schäden in der extrahierten Person. Adrians Fehlschläge in seiner Ausbildungszeit hatten bei ihm tiefe Eindrücke hinterlassen. Es hatte ihm das Herz zerrissen mit ansehen zu müssen, wie qualvoll die Restexistenz dieser von ihm ruinierten Kreaturen war. Schuldgefühle hatten ihn geplagt und er hatte sich geschworen, seinen Auftrag von nun an ordentlich zu verrichten. Und so presste er dem Burschen seine freie Hand auf den Brustkorb, um ihn im Liegen zu fixieren. Dieser schien durch Adrian hindurch in die Unendlichkeit zu starren. Nur noch zwei Sekunden dachte Adrian gerade, als der Mann plötzlich hustete. Adrian fühlte, wie feine Tropfen sein Konterfei benetzten. Zeitgleich mit dem Versiegen des silbernen Nebels entfernte Adrian den Extraktor von der Schläfe und ließ den Brustkorb los. Er wischte sich mit seinem Handrücken über das Gesicht und stellte erstaunt fest, dass Blut auf seiner Hand war. Angst befiel ihn, wusste er doch um die verschiedensten Siechtümer und Krankheiten, an denen der Mensch zugrunde gehen konnte. Er zwang sich zur Ruhe und reinigte sich, so gut es ging, das Gesicht mit einem Leinentuch und etwas Wasser aus einem Lederschlauch aus seiner Umhängetasche. Es fehlte zur Vervollständigung seines Geheißes nur noch eine einzige vollständige Extraktion. Dann würde er noch in der Nacht an einer dunklen Ecke über die Stadtmauer klettern und sich zu einem der Übergänge schleichen. Dann könnte er in die schützende Obhut NEW LENDTs zurückkehren. Nichts und niemand würde ihm dort etwas anhaben können, weder eine schwere Verletzung noch eine dieser todbringenden Krankheiten.

»Bleib ruhig, alles wird gut«, wiederholte er leise vor

sich hinmurmelnd seinen Leitsatz. Erleichtert spürte er, wie sich sein Herzschlag wieder normalisierte.

Für seine letzte Extraktion wählte er ein Stück weiter den Gang hinab einen schlafenden Jungen aus. Schäbig aussehende Kleidung lag auf einem Stuhl neben der einfachen Holzliege und ein rußbeschmutztes Gesicht mit geschlossenen Augen war Adrian zugewandt. Geräuschlos pirschte Adrian näher heran und war sich sicher, dass er es diesmal mit gesunder Beute zu tun hatte. Adrian wusste, dass im Heiliggeistspital auch Waisen und nicht ausschließlich nur Kranke untergebracht waren. Und dieser Junge sah zwar dreckig aus, schien sich aber in einer sehr guten körperlichen Verfassung zu befinden.

Er lächelte erleichtert. Das war einfach, dachte er, als er den Extraktor von der Schläfe des Jungen entfernte. Es kann ja nicht alles schiefgehen in dieser Nacht!

Zufrieden verließ er das Heiliggeistspital und wählte den Schleichweg entlang des Spreeufers. Sanft plätscherte der Fluss zu seiner Linken. Sein Ziel: der Übergang am Spandauer Tor. Dieser lag am nächsten. Insgesamt standen Adrian fünf Übergänge zur Verfügung. Gurgotte hatte damals die Übergänge an den Stadttoren installiert. Er war davon ausgegangen, dass diese Orte langfristig für Berlin ihre Wichtigkeit behalten würden. So befand sich das Spandauer Tor im Norden, östlich das Georgentor und das Stralauer Tor, südlich das Köpenicker Tor und im Westen das Gertraudentor. Jeder, der von außen kommend nach Berlin oder Cölln wollte, musste zunächst eine Brücke passieren, um dann am Stadttor um Einlass bitten zu können. Der Apparat unter dem Berliner Rathausplatz bildete in etwa das Zentrum der Kuppel.

Gurgotte, der Alchemist, der Bezwinger der Zeit. Gurgotte, der alles für eine kleine Gruppe Auserwählter so grundlegend verändert hatte.

Es war schon eine Ewigkeit her. Waren es tatsächlich schon mehr als 250 Jahre? Ja, so musste es sein. Zeit war ein so relativer Faktor geworden. Adrian hatte aufgehört, in Jahren zu denken. Vielmehr bestand seine Zeitorientierung darin, sich markante Veränderungen im Außen-Berlin, wie er es nannte, zu merken. Das waren zum Beispiel die großen Stadtbrände in den Jahren 1484 und 1581, die zwei Brände vor dem Kuppelbau nicht mitgerechnet.

Seine Gedanken schweiften wieder zu Gurgotte. Nachdem die Kuppel in Berlin stabil aufrechterhalten werden konnte, ließ von Eichenthurm Gurgotte zusammen mit Berschandt und Criquote 1375 nach Hamburg reisen, um für Johannes IV. von Eichenthurm, Roland von Eichenthurms Vetter und enger Vertrauter, NEW LENDT II zu errichten. Über den Fluss- und Handelsweg Spree-Havel-Elbe bestand seitdem ein geheimer und reger Kontakt zwischen den beiden Freiherren. Eine feste Handelsflotte regelte den Austausch zwischen Hamburg und Berlin und von Hamburg sogar weiter nach Übersee. Johannes IV. hatte einen Schiffsbauer bestochen, ein kleines Geheimfach in der Nähe der Ladeluke seines Kahns einzubauen. Den Schlüssel hatte er über seine Korrespondenz mit Roland von Eichenthurm Adrian zukommen lassen. Für den Unwissenden unsichtbar, konnte Adrian mit diesem besonderen Schlüssel das Fach öffnen, wenn das Boot in Berlin vor Anker lag und er sich des Nachts heimlich an Bord schlich. Er verspürte kurz den Impuls, nachzusehen, ob der Kahn vor Anker lag, um nach neuen Botschaften aus Hamburg zu schauen, entschied sich aber, dass es für heute sicherer war, direkt nach NEW LENDT zurückzukehren. Er würde bei seinem nächsten Streifzug nachsehen.

Jäh wurde er aus seinen Gedanken gerissen, als sich sein Inneres alarmierend zu Wort meldete: Falle!

Jeder Muskel spannte sich in Adrians Körper an. Sein Gehör verschärfte sich augenblicklich und er nahm den Hauch einer Bewegung in einer Nische nur fünf Meter vor ihm wahr.

Nein, da war noch mehr! Circa sechzig Meter hinter ihm betraten drei weitere Personen den Trampelpfad. Zu seiner Rechten befand sich eine unüberwindbare Hauswand. Und schon trat auch die sich verborgen gehaltene Person auf den Pfad. Adrian erkannte die gedrungene Statur seines Verfolgers sofort und ging in eine kampfbereite Haltung. Er wurde nicht enttäuscht. Der Angreifer zögerte nicht lange und griff Adrian mit einem Knüppel an. Die ersten Hiebe konnte Adrian geschickt abwehren und auch den ein oder anderen Faustschlag gut platziert absetzen, doch dann waren die anderen Angreifer heran und Adrian setzte sich nach vorne und nach hinten zur Wehr. Ein Knüppelhieb traf ihn am Unterschenkel und er strauchelte. Er machte einen Ausweichschritt in Richtung Uferböschung, kam auf einem glitschigen Stein zu stehen und verlor das Gleichgewicht. Zeitgleich traf ihn ein Fauststoß am rechten Ohr, er taumelte, rutschte aus, fiel der Länge nach die Uferböschung hinab und stieß sich den Schädel an einem Stein. Die Welt um ihn herum wurde schwarz.

ROLAND
BERLIN IM JAHRE 1371

»Herr, Siegfried möchte Euch sprechen«, meldete Rolands Diener.

»Lasst ihn eintreten!«

Siegfried betrat Rolands Amtszimmer und verbeugte sich.

»Was gibt es, Siegfried?«

»Herr, mir ist etwas zu Ohren gekommen, dass für Euch von höchstem Interesse sein könnte: Ein Franzose gastiert im Wirtshaus und weiß Interessantes zu berichten. Adrian hat ihm gestern Abend zugehört und er sagt, dass das Erzählte durchaus Hand und Fuß haben könnte.«

»Jetzt macht Ihr mich aber neugierig. Was erzählt er denn?«

»Nun, er berichtet, dass er bis vor Kurzem in Paris an der Seite eines dort durchaus geschätzten und anerkannten Alchemisten an der Erlangung des ewigen Lebens geforscht habe.«

Ewiges Leben? Rolands Herz machte einen kleinen Aussetzer. Hatte er richtig gehört? Bilder, in denen er mit Geschmeide behängt auf einem prächtigen Thron aus Gold auf sein Gefolge herabblickte, stiegen in ihm hoch. Ungeduldig drängte er Siegfried, seine Erzählung fortzusetzen.

»Der Mann nennt sich Fabién Gurgotte und ist unserer Sprache mächtig. Das kann natürlich auch einfach nur das Geplapper eines verwirrten Mannes sein, Herr, der sich wichtigtun möchte«, schloss Siegfried seinen Bericht.

»Das müssen wir herausfinden!«, sagte Roland ungeduldig. »Bringt ihn zu mir. Sofort!«

»Mir wurde zugetragen, dass Ihr ein Alchemist seid und Euer letzter fester Aufenthaltsort Paris gewesen ist, Monsieur Gurgotte?«, kam Roland nach kurzen Begrüßungsfloskeln gleich zur Sache.

»Das ist korrekt«, antwortete Gurgotte.

»Darf ich fragen, welcher Art Forschung ihr dort zuletzt nachgingt?«

»Ich habe an der Seite meines Mentors, dem berühmten

Alchemisten Nicolas Flamel, Forschungen bezüglich der Konservierung von Zeit betrieben.«

»Sehr interessant. Versteht Ihr unter der Konservierung von Zeit das Erlangen von Unsterblichkeit?«

»Ja und auch wieder nein«, sagte der Franzose. »Der Gedanke, der dahintersteckt, ist folgender: Wenn es möglich wäre, einen Raum zu erschaffen, in dem die Zeit vom allgemeinen Fortschreiten der Zeit abgekoppelt ist, dann wären die Menschen, die sich innerhalb dieses Raumes befinden, auf eine gewisse Art und Weise unsterblich.«

Roland war sich nicht sicher, ob er die Ausführungen des Franzosen richtig verstanden hatte, und hakte nach: »Was versteht Ihr unter Abkopplung? Wie kann ich mir das vorstellen?«

»Nun, stellt es Euch am besten wie eine Art Abbild Eurer Umgebung vor, eine Erschaffung einer Parallelwelt, die genauso aussieht wie diese hier. Es würde sich für Euch in diesem Raum genauso anfühlen, wie Ihr jetzt gerade Eure Welt wahrnehmt, mit dem großen Unterschied, dass Zeit keine Rolle mehr spielt. Ihr würdet nicht altern, auch wenn es sich subjektiv so anfühlt, als würde nach wie vor die Zeit vergehen oder als gäbe es einen zeitlichen Verlauf. In der Empfindung gibt es für Euch ein Vorher und ein Später. Aber die eigentliche Zeit, sie vergeht nicht in dieser geschützten Umgebung. In der normalen Welt aber folgt sie ihrem bekannten Lauf. Sie vergeht und Menschen altern.«

Roland rieb sich nachdenklich das Kinn. Er glaubte zu

verstehen. »Ihr meint also, dass es möglich ist, eine Art Reich zu erschaffen, in dem die Zeit keine Rolle mehr spielt?«

Gurgotte nickte euphorisch und strahlte.

»Wie groß kann man diesen Raum, dieses Reich machen?«

»Das kann ich Euch noch nicht beantworten, Herr. Bedenkt bitte, dass es sich im Moment auf eine Theorie beschränkt. Wir, Flamel und ich, waren nah dran. Aber wir haben es noch nicht geschafft, eine wahrhaftige Zeitkuppel zu erschaffen.«

Roland malträtierte seine Schreibfeder zwischen seinen Fingern. »Eines verstehe ich nicht: Warum seid Ihr abgereist bevor Ihr die Forschungen abgeschlossen hattet?«, fragte er. »Wolltet Ihr nicht den krönenden Gipfel Eurer Forschung erreichen und miterleben?«

»Ja, schon«, stimmte Fabién ihm zu. »Das wäre natürlich zu erwarten gewesen. Aber ...«, fuhr er gedehnt fort und machte eine Pause. Roland hätte Gurgotte am liebsten heftig geschüttelt, um die Antworten schneller zu erhalten.

»Flamel trat auf der Stelle. Er fand den entscheidenden Durchbruch nicht. So betrieb ich eigene Forschungen«, fuhr der Franzose fort.

»Erfolgreich?«

»Fast erfolgreich. Ich bin mir sicher zu wissen, an welchem Punkt Flamel immer wieder scheitert. Als Grundlage für seine Experimente dienen ihm alte Schriften. Ich selbst durfte sie studieren. Und ich bin mir absolut sicher, dass er die Textstelle: *Man nehme eine Unze zerriebenes Gold des Nordens* falsch gedeutet hat.«

»Berichtet weiter!«

»Nicolas versteifte sich auf eine in den Nordpyrenäen beheimatete gelb blühende Pflanze. Der zugrundeliegende Text aber, so bin ich mir absolut sicher, ist eine Abschrift von ägyptischen Ausgrabungen. Und so habe ich mich in Ägyptologie fortgebildet und bin auf einen entscheidenden Hinweis gestoßen: Man hat in den Grabstätten Ägyptens *Gold des Nordens* gefunden. Dies waren aber keine Blüten oder Pflanzenteile, sondern geschliffene Steine, die im Sonnenlicht wie Gold leuchten. Steine, die brennen, wenn man sie entzündet.«

Roland verstand. »Bernstein. Das Gold der Ostsee.«

»Absolut richtig, Herr.« Gurgotte strahlte. »Es müssen zu diesen frühen Zeiten tatsächlich Handelswege von der Ostsee bis hinab nach Ägypten bestanden haben. Bernstein ist der Grund, warum ich Paris verließ und mich auf Reisen in Richtung Ostsee begab.«

»Nun, Ihr müsst Eure Reise nicht weiter fortsetzen. Unsere Schatzkammer ist mit dem *Gold des Nordens* reichlich bestückt.« Roland sah seine Chance gekommen, mehr als nur Reichtum und Ruhm zu erlangen. Ewiges Leben! So eine Gelegenheit bot sich einem nur einmal im Leben. Er musste Gurgotte um alles in der Welt davon überzeugen, zu bleiben und vor Ort weiter zu forschen. Koste es, was es wolle.

»Wie wäre es also, wenn Ihr Eure Forschungen hier in Berlin fortsetzen und zum Abschluss bringen würdet? Ich biete Euch den Bernstein, freie Kost und Logis. Was sagt Ihr dazu?«

»Das ist ein großzügiges Angebot, Herr.«

Roland sah an der Art des verstohlenen Lächelns, das Fabién Gurgottes Mundwinkel umspielte, dass dieser sich anscheinend geschmeichelt fühlte. Umso erstaunter war er, als Gurgotte zögerlich fortfuhr: »Aber meine Pläne sind eigentlich andere, Herr. Ich wollte morgen gen Lübeck aufbrechen und mir dort das Geld für ein eigenes kleines Labor verdienen. Meine Reisekasse ist fast leer und ich habe noch eine gute Wegstrecke vor mir. Je länger ich hier verweile, umso schwerer wird es für mich werden, mein Reiseziel zu erreichen.«

»Verstehe«, sagte Roland und rieb sich die Hände. Wenn es lediglich um das Aushandeln besserer Konditionen ging, dann sollte Gurgotte diese bekommen. Am Geld sollte es nicht scheitern. »Wie wäre folgender Vorschlag: Ihr erhaltet freie Kost und Logis, ein eigenes Labor so eingerichtet, wie auch immer ihr es wünscht, und ein ansehnliches monatliches Gehalt?«

Gurgotte stimmte zu und per Handschlag besiegelten sie ihr Abkommen.

ADRIAN
BERLIN IM JAHRE 1630

Das Erste, was Adrian vernahm, war ein unliebsames kratzendes Geräusch. Penetrant suchte es sich den Weg über sein Gehör in seinen Geist und rüttelte an den Nebelschlieren, die sich auf sein Bewusstsein gelegt hatten. Seine Gedanken verklärten sich wieder.

Das Schaben schien an Intensität noch zugenommen zu haben, als Adrian wieder zu sich kam. Sein Kopf dröhnte und pochte. Mit geschlossenen Augen spürte er in seinen Körper hinein. Jeder einzelne Muskel in seinen Gliedern und in seinem Rumpf schien zu schmerzen. Seine Gelenke fühlten sich steif und kalt an. Es kostete ihn schier unsagbare Kraft, seinen großen Fußzeh zu einer kleinen Bewegung zu zwingen.

Abrupt verstummte das Geräusch, das in ihm das Bild von auf Schiefer kratzenden Knochenfingern hervorgerufen hatte. Adrian hörte ein Rascheln, gefolgt von Wasser plätschern und gedämpften Schritten. Er öffnete mühsam seine Lider.

Jemand trat an Adrian heran und sagte: »Du bist wach.«

Adrian sah unscharf und versuchte, sich aufzurichten.

»Das würde ich nicht tun.«

Adrian spürte einen sanften, aber kraftvollen Druck auf seiner Schulter. Nach nur schwacher Gegenwehr gab er nach und ließ sich auf sein Lager zurücksinken.

»Wo bin ich?«, presste er mühsam hervor.

»In Sicherheit, vorerst jedenfalls.«

Die Stimme war ruhig und wärmend. Es plätscherte erneut und Adrian fühlte, wie ihm mit einem kalten feuchten Lappen die Stirn getupft wurde. Langsam nahm seine Sicht an Schärfe zu. Eine menschliche Kontur zeichnete sich dunkel gegen die Helligkeit des Fensters im Hintergrund ab. Adrians Augen schmerzten und brannten. Nur langsam gewöhnten sie sich an das matte Umgebungslicht. Einzelheiten schälten sich aus der dunklen Kontur heraus. Adrian konnte langes Haar erkennen. Es wirkte strähnig und ungewaschen. Die Person trug einfache Jutekleidung in schmuddeligen Grautönen. Hellwache Augen blitzten aus einem schmutzigen Gesicht.

»Nein«, Adrian erschrak. Nicht Schmutz ließ das Antlitz dieses Menschen verunstalten, sondern die Haut selbst. Eine ungesund aussehende Kraterlandschaft in den verschiedensten Tönen rohen Fleisches verunstaltete die eine Gesichtshälfte vollständig. Adrian wurde schlecht. Wie war es möglich, dass er sich in der Behausung eines Aussätzigen befand?

»Ruhig, ruhig. Spare deine Kräfte. Du darfst dich nicht aufregen.« Diesmal hatten die Worte keinen beruhigenden Einfluss auf Adrian. Ihn hatte die blanke Panik ergriffen.

»Nimm deine verseuchten Finger von mir!«, presste er hervor, als starke Hände ihn erbarmungslos auf seiner Liegestelle fixierten.

»Beruhige dich. Alles wird gut.«

»Alles wird gut? Ich werde sterben und du bist schuld daran!« Adrian war zu schwach, um ausreichend Gegenwehr aufzubringen.

»Es ist unumstritten, dass du irgendwann sterben wirst. Doch sei dir gewiss, nicht wegen mir und nicht jetzt. Ruh dich aus und trink das. Das wird dir helfen.«

Die Gestalt lockerte erst ihren Griff und gab Adrian dann vollends frei. Die Stimme hatte einen beruhigenden, ja, sogar einlullenden Effekt auf ihn. Die Panik wich, Adrian entspannte sich etwas und fügte sich schließlich. Eine Hand unter seinem Hinterkopf half ihm, sich etwas aufzurichten. Dann wurde ihm eine Schale an den Mund gehalten und eine bittere warme Flüssigkeit benetzte seine Lippen. Zögerlich nahm er einige Schlucke zu sich.

»So ist es gut. Schlaf jetzt.« Adrian schloss erschöpft die Augen.

Als Adrian wieder zu sich kam, herrschte Zwielicht im Raum. Er lauschte. Weder das Rascheln von Kleidung noch das Atmen einer anderen Person waren zu vernehmen. Er versuchte, sein inneres Auge auszuschicken, musste aber schmerzlich feststellen, dass ihm hierfür die Kraft fehlte.

Was war mit ihm geschehen? Wo befand er sich und seit wann? Wie lange hatte er hilflos in dieser Hütte gelegen? Der Aussatz! Mit gewaltiger Intensität schoss ihm dieser Gedanke in den Kopf und verlieh ihm kurzfristig Kraft genug, sich aufzurichten und die Beine über den Rand des Bettes zu schwingen. Sofort wurde ihm schwindelig und er fühlte sein Herz angestrengt gegen seinen Brustkorb hämmern. Er schloss für einige Sekunden die Augen. Als sein Herzschlag sich beruhigte und das Rauschen in seinen Ohren nachließ, öffnete er sie wieder. Sein Blick fiel in einen menschenleeren Raum, die Ausstattung war einfach gehalten. In der Mitte befand sich eine Feuerstelle, über der ein großer kupferner Topf an einer Kette hing. Adrian erspähte einen Holztisch, der direkt unter dem einzigen Fenster stand. In einer dunklen Ecke konnte er eine weitere Schlafgelegenheit ausmachen. Von der Decke hingen die verschiedensten Pflanzen zum Trocknen. Dann jedoch fiel sein Blick auf seine Hände, mit denen er sich am Rand der Holzpritsche aufstützte.

Jäh ergriff ihn wieder große Angst. Seine Hände waren in Lumpen gewickelt. Blut und Wundsekret waren hindurchgesickert und getrocknet. Er sah seine Beine aus seinem Lendenschurz hervorragen. Sie waren ebenfalls in dreckige Lumpen gewickelt. Sein Blick tastete sich weiter in Richtung seines Rumpfes. Auch hier fand er die leinenen Binden. An der Brust waren sie verrutscht und Adrian konnte seine rohe, offene Haut sehen. Vorsichtig schob er mit seiner umwickelten Hand die Binden weiter nach unten. Er sah, dass neben offenen, nässenden Bereichen auch intakte Hautstellen und Bereiche mit narbigen Verdickungen vorhanden waren. Er konnte erkennen, dass jemand unter den Verbänden kleine Stofflappen, die mit einer grünen Tunke bestrichen waren, angebracht hatte. Vorsichtig tasteten seine Hände weiter zu seinem Gesicht hinauf. Es war ebenso verbunden worden. Er wollte sich gerade den Verband vom Gesicht zerren, als eine Stimme sagte:

»Bitte belasse die Verbände an Ort und Stelle. Deine Haut wird es dir danken.«

Adrian hatte nicht bemerkt, dass jemand die Hütte betreten hatte. Er sah auf. Ein Weib näherte sich ihm und er erkannte die langen Haare und die schmutzige Kleidung. Sie trat an ihn heran und sprach mit einer warmen herzlichen Stimme: »Ich bin Brida. Es freut mich, dass du endlich erwacht bist.«

»Wo bin ich? Was ist geschehen?«

»Ich fand dich zwei Tage vor dem letzten Vollmond

bewusstlos am Ufer der Spree. Aus Ästen und Weiden habe ich eine Trage geknüpft und dich bis hier hinauf in meine Hütte gezogen. Du wolltest einfach nicht aus deiner Ohnmacht erwachen. Ich versuchte die verschiedensten Pflanzentränke, denen ich mächtig bin, aber anstatt zu erwachen, wurdest du krank.«

»Der Aussatz«, murmelte Adrian in sich hinein.

»Ja, du hast recht. Du bist vom Aussatz befallen. Wie du in einem kurzen wachen Moment vor einigen Tagen so treffend festgestellt hast, litt auch ich an dieser Erkrankung.«

»Du hast sie besiegt?«

»Ja, ich habe sie überwunden. Die verstellenden Male in meinem Gesicht aber werden immer bleiben. Und so werde ich auch bis in alle Zukunft als Aussätzige gebrandmarkt sein. Die Menschen aus meinem früheren Heimatdorf verstehen nichts von Krankheiten und wie man sie heilen kann. Sie haben Angst vor allem und jedem, der anders aussieht. Aber das kennst du sicherlich, nicht wahr?«

»Ich habe mich nicht bei dir angesteckt?«

»Nein, ganz gewiss nicht. Ich bin schon seit drei Wintern nicht mehr ansteckend.« Brida lächelte sanftmütig und Adrian musste an den Mann im Spital denken, dessen blutiger Auswurf Adrian im Gesicht getroffen hatte.

»Du wirst die Verbände noch einige Zeit tragen müssen. Du hast Glück. Du hast nur offene Stellen. Ich konnte keine Knoten tief in deiner Haut finden. Das ist ein gutes Zeichen.«

»Ein gutes Zeichen wofür?«, fragte Adrian misstrauisch.

»Gesund zu werden.« Brida lächelte wieder. Ihr Lächeln strahlte Ruhe und Wärme aus.

»Sprichst du wahrhaftig?«, fragte Adrian immer noch zweifelnd.

»Vertrau mir. Ich bin des Wissens der Pflanzenheilkräfte kundig. Und du machst gute Fortschritte.«

»Mein ganzer Körper ist offen und roh!«, rief er anklagend. »Wie kannst du da von Fortschritten sprechen?«

»Nun«, sagte Brida, »von dem Zeitpunkt an, an dem ich dich fand, bis jetzt hast du große Fortschritte gemacht. Du warst lange ohne Bewusstsein und hast schwere Fieberschübe durchstanden. Im Fieberwahn und Delirium dachte ich, ich würde den Kampf um dich verlieren. Und jetzt«, Brida lächelte erneut, »jetzt sieh dich an. Da sitzt du vor mir und führst Streitgespräche mit mir. Wenn das mal nicht ein Ausdruck für eine starke Lebenskraft ist, dann weiß ich auch nicht. Hast du Hunger?«

»Ja, großen Hunger sogar.«

»Das ist gut. Dann zaubere ich uns was. Ich schlage vor, du versuchst, ein paar Schritte zu gehen. Draußen ist wunderbares Frühlingswetter. Ich habe eine kleine Bank vor dem Haus. Dort kannst du die wärmenden Strahlen der Sonne genießen. Komm, ich helfe dir.« Brida stützte Adrian und er erhob sich vorsichtig. Kurz sprühten Funken auf seiner Netzhaut und seine Ohren rauschten wieder. Doch schnell stabilisierte sich sein Kreislauf und er schritt mit Bridas Hilfe zur Hüttentür hinaus in einen wohlig warmen Frühlingstag. Brida half ihm, sich zu setzen, und ließ ihn allein.

Das Sonnenlicht blendete ihn, doch er genoss jede Sekunde des hellen, wärmenden Lichts. Er konnte sich kaum noch daran erinnern, wann er das letzte Mal die echte Mittagssonne auf seiner Haut gespürt und bewusst genossen hatte. So lange war es schon her. Es ist wundervoll, dachte Adrian. Es ist vergänglich. Aber es ist wunderschön.

Die folgenden Tage waren für Adrian sehr aufwühlend. In seinem Inneren tobte der Konflikt, dass er die ihm Anvertrauten im Stich ließ, und je länger er in dieser Hütte verweilte, sie dem Untergang und Tod preisgab. Wiederholt drängte er Brida, ihn gehen zu lassen, doch sie verstand es, ihm sehr eindrücklich zu vermitteln, dass er noch nicht genesen sei und Geduld haben müsse.

»Hab noch ein klein wenig Geduld«, beschwichtigte ihn Brida dann. »Du machst sehr gute Fortschritte. Es werden nur noch ganz wenige Tage sein und du wirst reisen können und niemand wird dir mehr ansehen können, welch schwere Erkrankung du durchgemacht hast.«

Und wirklich, seine Haut verheilte zusehends und zu

seiner großen Freude überwiegend, ohne Narben zu hinterlassen.

»Du hast deutlich besseres Heilfleisch, als ich es damals hatte«, lobte Brida ihn mit bewunderndem Unterton. Sie saßen sich auf der Holzbank vor der Hütte gegenüber und Brida war im Begriff, Adrians Gesichtsverband zu wechseln. Sie hatte den Verband abgewickelt und die Haut mit frischem Wasser gereinigt. Achtsam betastete sie Adrians Wangen.

»Diesen Verband brauchst du nun auch nicht mehr. Es ist alles verheilt. Es bleibt im Gesicht vermutlich nur diese kleine sternförmige Narbe am Haaransatz«, stellte sie zufrieden fest.

Adrian hatte seinen Blick während der Untersuchung fest auf Brida gerichtet und als nun ihre Augen die seinen trafen, durchströmte es ihn warm und wohlig. Brida schien es zu bemerken, denn kurz hob sie fragend eine Augenbraue. Doch dann wurde auch ihr Blick weich und zärtlich. Wie in Zeitlupe näherte sich ihr Gesicht dem seinen und ein Hochgefühl durchströmte ihn, als ihre Lippen sich trafen.

Eng umschlungen fielen sie am Abend in einen glückseligen Schlaf.

Doch dieser kleine Moment des Glücks wurde schlagartig unterbrochen, als mitten in der Nacht laut an Bridas Tür gehämmert wurde. Das flackernde Licht von Fackeln drang unter dem Türspalt und durch das verstaubte, kleine Fenster hinein. Sie hörten Stimmengewirr. Während Brida wie gelähmt in ihrem Bett saß, die Augen vor Angst weit aufgerissen, war Adrian aus dem Bett gesprungen. Flink wie ein Wiesel war er in seinen Lendenschurz geschlüpft und hatte sich mit Bridas Gartenharke bewaffnet. Alle Sehnen zum Sprung gespannt, ging er auf der fensterlosen Seite des Raumes in Angriffsposition.

»Öffne die Tür, Brida!«, tönte eine Unheil verkündende Männerstimme. »Wir haben Dinge mit dir zu klären! Dinge, für die du verantwortlich bist. Mach sofort die Tür auf oder wir treten sie ein!«

Panisch blickte Brida zu Adrian. Er deutete ihr, sich anzukleiden und dann zu ihm zu kommen. Das Hämmern an der Tür wurde energischer und das Stimmengewirr lauter und aggressiver.

»Was bist du so feige, Brida!«, meldete sich nun eine weitere Männerstimme zu Wort. »Du weißt, warum wir hier sind!«

Auf einen fragenden Blick Adrians an Brida, flüsterte sie: »Im Dorf wird etwas passiert sein und sie brauchen einen Sündenbock, den sie dafür zur Rechenschaft ziehen können.«

»Mit zur Rechenschaft ziehen können meinst du vermutlich hinrichten, oder?« Adrian hatte die Situation erkannt. Brida nickte mit Tränen in den Augen.

»Das lasse ich nicht zu«, wisperte er Brida zu und erhob dann seine Stimme in Richtung Tür: »Sagt, was wollt Ihr von Brida?«

Stille trat außerhalb der Holzkate ein, Getuschel und Gemurmel war zu vernehmen, dann räusperte sich jemand und der Rädelsführer meldete sich zu Wort:

»Brida! Du beherbergst Mannsvolk? Neben all deinen Missetaten begehst du nun auch Ehebruch?«

Wieder musste Adrian einen fragenden Blick zu Brida werfen und sie flüsterte:

»Das ist oder besser war mein Ehemann. Als ich vor Jahren erkrankte, hat er mich, diesen Mob da draußen anführend, aus dem Dorf gejagt.«

Adrian nickte verstehend. »Wie ist sein Name?«

»Peter. Peter Lohen.«

»Peter Lohen! Du hast dein Recht vor Jahren verwirkt, über Brida zu bestimmen! Nimm deine Leute und verschwindet von hier!«

Vor der Tür brach ein Tumult aus. Adrian hörte Satzfetzen wie: »Das ist ja ... Eine Unverschämtheit ... Was erlaubt er sich? Wir gehen rein!« Ein Chor von Männern begann rückwärts zu zählen »Drei, zwei, ...«

Adrian deutete Brida sich noch weiter in den Raum zurückzuziehen, während er sich bereit machte.

»... eins!«

Holz splitterte und die verbliebenen Reste der Tür krachten auf. Noch während der Rädelsführer seinen ersten Schritt in Bridas Behausung machte, hatte Adrian ihn bereits mit der Harke als Hebel von den Füßen geholt. Ein kräftiger Stoß mit dem Stielende gegen die Schläfe des liegenden Mannes setzte diesen schachmatt.

Und schon wirbelte Adrian herum, traf Angreifer zwei schwer gegen den Brustkorb, sodass dieser nach Luft ringend gegen die Wand torkelte. Den Stockhieb als Antrieb nutzend, vollführte Adrian eine blitzschnelle Drehbewegung und setzte drei weitere Gegner außer Gefecht. Adrian tanzte regelrecht durch den Raum. Weitere Männer drangen ein, sie waren zwar von Wut geleitet, aber als einfache Bauersleute nicht geübt im Kampf. Sie hatten keine Chance gegen Adrian. Es dauerte nicht lange, da hatte Adrian sie in die Flucht geschlagen. Verletzte und Bewusstlose wurden von den schwer lädierten, humpelnden Männer davongeschleppt.

»Wir können hier nicht bleiben«, schwer atmend und schwitzend hatte Adrian Brida in seine Arme geschlossen.

»Ich weiß«, flüsterte sie.

Noch in der gleichen Nacht packten sie Essen und Decken in ein Bündel und flohen in den Wald.

Sie stapften durch das finstere Dickicht, bis Brida nicht mehr konnte. Unter einem Baum mit reihum tief hängenden Ästen bereiteten sie ihr Nachtlager. Ein Feuer zu entzünden, trauten sie sich nicht. Eng umschlungen und sich gegenseitig wärmend, lehnten sie am Stamm des schutzgebenden Baumes.

»Ich wusste, dass das eines Tages passieren würde«, durchbrach Brida die Stille. »Menschen sind so dumm. Und mein Ehemann ist einer von der dümmsten Sorte.

Anstatt mir beizustehen, als ich krank wurde, hetzte er mir das Dorf auf den Leib. Als Hexe hat er mich beschimpft. Verbrennen wollten sie mich …« Brida stockte.

Sanft drückte Adrian sie näher an seinen Körper und sagte: »Du musst nicht darüber sprechen, das weißt du.«

Zärtlich küsste Brida Adrians Hand, dann drehte sie sich zu ihm um und sah ihm fest in die Augen. »Ich möchte, dass du meine Geschichte kennst.«

»In Ordnung«, erwiderte er und küsste sie liebevoll auf den Mund. Sie erwiderte den Kuss und kuschelte sich anschließend wieder in seine Armbeuge. »Einige in meinem Dorf wussten, dass ich der Pflanzenheilkunde mächtig bin. In ihrer Not baten sie mich oft um Hilfe, auch, als der Sohn des Müllers am Aussatz erkrankte. Ich tat, was ich konnte, braute Tee und fertigte kühlende Pasten an, doch der kleine Junge verstarb bereits in der ersten Nacht im Fieberkampf. Zu meinem Verhängnis wurde mir, dass der Junge im Fieberwahn Dinge sprach, wie *Ich sehe sie, die Hexe! Helft mir, die Hexe kommt mich holen.* So erzählten es zumindest sein Vater und der herbeigeeilte Menschenauflauf. Und mein lieber Mann, anstelle sich schützend vor mich zu stellen, schubste mich aus dem Haus in die Menschenmenge hinein und rief: *Mir graut vor meinem Weib und ihrem Bündnis mit den dunklen Kräften!*«

Brida erzitterte und Adrian konnte spüren, wie sich ihre Muskeln anspannten.

»Und dann ging alles ganz schnell. Sie zerrten mich an den Haaren auf den Dorfplatz von Kladow, welches einstmalig mein Heimatdorf gewesen war, und banden mich an den Pranger. In Kürze sollte über meine Strafe befunden werden. Es war furchtbar. Ich blickte in zornige Augen, in Augen von Leuten, die mir nur einen Tag zuvor noch wohlgesonnen gewesen waren. Leute, die ich Freunde genannt hatte. Jetzt konnte ich nichts Vertrautes mehr in ihnen ausmachen.«

»Wie bist du entkommen?«, fragte Adrian.

»Der Schmied schaltete sich ein. Er ist ein angesehener Mann in unserem Dorf. Er legte gute Worte für mich ein. Ich hatte ihn ein Jahr zuvor wegen schwerer Verbrennungen behandelt und ihm das Leben gerettet. Er konnte bewirken, dass ich am dritten Tag am Pranger des Dorfes verbannt wurde. Die Tage und Nächte am Pranger waren die Hölle.« Brida schluchzte.

Als sie sich wieder gefangen hatte, fuhr sie fort: »Manche kamen mehrmals zum Pranger, um mir Stockhiebe zu verpassen oder ihren Nachttopf über mir zu entleeren. Auch mein Gatte. Dann endlich banden sie mich los. Mit Stockhieben jagten sie mich in den Wald. Ich erinnerte mich an eine verlassene Hütte im Wald. Dort ging ich hin.«

Sie wandte den Kopf und blickte Adrian an. Trotz der Dunkelheit konnte er die Wärme und Liebe, die in diesem Blick lagen, spüren. Er strich ihr durchs Haar.

»Warum bist du nicht weiter weggegangen?«, fragte er.

»Ich weiß es nicht. Das wollte ich zunächst, doch dann

erkrankte auch ich am Aussatz und ich hatte keine Kraft, um weiterzuziehen. Und schließlich bin ich hier geboren worden und auch hier aufgewachsen. Ich wollte meine Heimat nicht verlassen.« Ihre Stimme klang trotzig.

»Das verstehe ich, aber deine Entscheidung war sehr gefährlich.«

Eine Pause entstand.

»Es muss etwas im Dorf passiert sein«, murmelte Brida nach einiger Zeit mehr zu sich selbst als zu Adrian.

»Vielleicht ein neuer Krankheitsausbruch?«, mutmaßte Adrian.

»Möglich«, stimmte Brida ihm zu.

»Ich möchte, dass du mit mir kommst. Ich kenne einen Ort, an dem dir niemand etwas anhaben kann. Ein Ort, an den ich langsam zurückkehren muss.«

Brida sah fragend zu Adrian auf. Hatte er doch bisher über seine Herkunft und Vergangenheit Stillschweigen bewahrt.

»Erzähle mir von diesem Ort, bitte.«

Und Adrian begann zu erzählen. Ihm war bewusst, dass er hierdurch einen Eid brach. Einen Eid, den er mit dem Leben seiner Mutter als Pfand, vor Roland von Eichenthurm vor unzähligen Jahren geleistet hatte. Und doch war er sich gewiss, dass er Brida vollends vertrauen konnte.

»An diesem Ort wirst du nicht altern, keinen Schmerz empfinden. Du wirst beschützt sein«, schloss Adrian schließlich seine Erzählung.

»Nein, das werde ich nicht«, antwortete Brida.

»Doch natürlich!«, begehrte Adrian empört auf. »Ich werde dich als mein Weib mitnehmen und du wirst dort mit mir zusammenleben können.«

»Adrian«, sagte Brida sanft. »Denk doch mal nach.« Sie hatte sich nun vor ihn gesetzt, um mit ihm auf einer Höhe von Angesicht zu Angesicht reden zu können.

»Auch wenn die Zeit nicht verrinnt an diesem von den Alchemisten verzauberten Ort, so weiß doch ein jeder in dieser Zeitkuppel ganz genau, wer dort hineingehört und wer nicht. Es ist ein festes Gefüge. Und dann bedenke mein entstelltes Gesicht. Warum um alles in der Welt sollten nun ausgerechnet deine Leute so tolerant sein? In mein Gesicht ist der Aussatz eingebrannt. Kein Zauber, kein Heiltrank kann daran etwas ändern.«

Adrian schwieg betroffen. Er wusste, dass Brida recht hatte. Seine Worte waren schmerzerfüllt, als er schließlich sagte: »Ich werde aber dorthin zurückkehren müssen. Ich habe einen Eid geschworen und das Leben nicht nur meiner Mutter, sondern das aller Bürger NEW LENDTs hängt davon ab. Bitte komm mit mir!«

»Das kann ich nicht«, erwiderte Brida tonlos.

Ihre Worte zerrissen Adrian schier das Herz. Tränen rannen ihm die Wangen hinab.

In dieser Nacht schliefen sie beide nicht. Eng umschlungen versuchten sie, jede Sekunde auszukosten, die ihnen noch gemeinsam gewährt blieb. Denn tief in ihrem

Inneren wussten sie beide, dass es bald hieß, Abschied zu nehmen.

Als der Morgen graute, packten sie ihr Bündel.

»Sieh!« Brida deutete in die Richtung, aus der sie letzte Nacht geflohen waren. Dunkler Rauch stieg über den Baumkronen auf.

Brida führte Adrian durch das Dickicht des Waldes. Nach einem beschwerlichen Fußmarsch erreichten sie das Ufer der Spree. »Dies ist der Fluss, an dessen Ufer ich dich damals fand«, sprach Brida. »Wenn du ihm flussaufwärts folgst, kommst du in deine Stadt. Wir werden uns hier trennen.«

Adrian wollte widersprechen, doch Brida legte ihm sachte ihre Finger auf den Mund.

»Nicht, mein Liebster. Nicht. Wir wissen beide, dass es so besser ist.«

Adrian nahm ihre Hände in die seinen. »Wo kann ich dich finden, wo kann ich dich wiedersehen?«

»Adrian, du weißt selbst, dass das unmöglich ist.«

»Sag, wo gehst du hin?«, versuchte er es erneut.

»Nun gut«, erwiderte Brida mit einem schmerzerfüllten Lächeln. »Ich werde weiter flussabwärts wandern, fort von meinem Dorf, aber ich werde diesseits des Ufers in diesem Wald bleiben. Er hat mir bisher immer Glück gebracht und Obdach gegeben. Ich werde ein Zeichen hinterlassen. Sieh dieses Amulett.«

Brida zog einen Anhänger unter ihrer Bluse hervor, den sie mit einem Lederband um den Hals trug. Es war ein

flacher, grauer Stein, auf dem ein B in Form einer Rune
eingeritzt war.

»Dieses Zeichen werde ich am Flussufer auf einen
Stein zeichnen, damit du weißt, in welchem Gebiet du
nach mir suchen kannst. Bist du auf dem richtigen Pfad,
wirst du das Zeichen wiederfinden.«

»Ich werde wiederkommen und nach dir suchen.« Er
zog sie an sich. Sie erwiderte seine Umarmung.

»Nun geh, Adrian.«

FABIÉN
BERLIN IM JAHRE 1371

Fabién arbeitete wie besessen. Unermüdlich suchte er nach einer Lösung. Er tüftelte, fluchte oft und schlief kaum noch. Sein Kontakt zur Außenwelt beschränkte sich fast ausschließlich darauf, die Soldaten vor seinem Labor hereinzurufen, um in Leinen gewickelte, schlaffe Körper hinwegzuschaffen. Er hatte den Überblick verloren, wie viele Versuchspersonen durch seine Tränke erkrankt oder sogar gestorben waren. Für ihn stand die Forschung im Zentrum. Was war dagegen schon ein menschliches Leben?

Von Eichenthurm schien seine Besessenheit zu teilen. Er stachelte Fabién in seinem Tun an und schien nicht müde zu werden, seine Soldaten ins Land hinauszusenden, um neue Testpersonen für ihn herbeizuschaffen.

Eines Abends aber suchte Fabién das Gasthaus auf, setzte sich in eine dunkle Ecke und starrte trübselig in seinen Krug mit Wein. Er war frustriert. Wie er es auch drehte und wendete, er trat auf der Stelle und wusste nicht mehr weiter. Er hatte den Bernstein entzündet, zerrieben und in den unterschiedlichsten Flüssigkeiten zu lösen versucht. Nicht ein einziges Mal hatte es irgendeine Interaktion mit der Realität gegeben. Kein Wabern, kein Nebel, nichts war aus seinem Gebräu aufgestiegen. Nur Rauch und Gestank. Ja, darin war er gut, dachte er bitter. Schutt und Asche ist alles, was ich produzieren kann.

Als drei Fremde den Gasthof betraten, sah Fabién auf. Sie waren in orientalische Gewänder gekleidet und ließen sich am Nachbartisch nieder. Fabién horchte auf, als er heimatliche Klänge vernahm. Die Fremden sprachen Französisch. Er wollte nicht lauschen, doch immer wieder vernahm er ein Wort, das ihn aufhorchen ließ: die Apparatur.

Hoffentlich sei der Apparat unbeschädigt, hoffentlich hätten sie keine der Spezialflüssigkeiten verloren, hoffentlich seien die Metallstücke nicht aus ihren in Öl getränkten Tüchern gerutscht, sie würden sonst ihre glänzende Oberfläche verlieren und müssten erst mühsam wieder poliert und geschliffen werden.

Fabién konnte sich aus den Gesprächsfetzen keinen

Reim machen, fasste sich schließlich ein Herz und setzte sich zu den Fremden. Höflich entschuldigte er sich für sein Belauschen der Unterhaltung und stellte sich als der stadteigene Alchemist vor.

Die Fremden hießen ihn willkommen und es dauerte nicht lange und sie waren in ein angeregtes Gespräch über Naturkunde und Alchemie vertieft. Es stellte sich heraus, dass auch sie der Alchemie kundig waren.

Fabién berichtete von seinen Forschungen. Ehrfürchtig lauschten die drei Fremden. Schließlich sagte Merstan, der Älteste der drei Männer: »Habt Ihr das *Gold des Nordens* jedes Mal zerrieben und angezündet?«

Fabién nickte.

»Das könnte das Problem sein«, sagte Merstan.

»Wie sonst kann ich dem Stein Energie zuführen? Mit Sonnenlicht hat er keine Reaktion gezeigt«, sagte Fabién und sah, wie sich die drei Herren verschwörerisch ansahen.

»Können wir ihm vertrauen? Was meint Ihr?«, fragte Merstan an Criquote gewandt.

»Und, vor allem, was springt für uns dabei heraus?«, antwortete Criquote.

»Ihr habt recht.« Merstan richtete sich an Berschandt, den dritten in ihrem Bunde. »Was meint Ihr?«

»Wir müssen zuerst mit dem Oberhaupt dieser Stadt sprechen und unsere Bedingungen klären, bevor wir dieses Gespräch weiterführen können, mein lieber Gurgotte.«

Fabién war verwirrt. »Roland von Eichenthurm ist der Schultheiß dieser Doppelstadt. Er hat hier das Sagen. Doch sprecht, wieso müsst ihr mit ihm verhandeln? Ich verstehe nicht.«

»Es könnte sein, dass wir Euch in Eurer Forschung unterstützen können. Wir sind uns recht sicher, dass wir das fehlende Puzzleteil beisteuern können«, antwortete Criquote.

»Dann lasst uns keine Zeit verlieren. Trinkt aus. Ich übernehme derweil Eure Rechnung und dann lasst uns aufbrechen und von Eichenthurm aufsuchen«, sagte Fabién. Er spürte, wie ein Gefühl in ihm aufstieg und sich ausbreitete, ein Gefühl, das er so schmerzlich vermisst hatte: Hoffnung.

Fabién ärgerte es, dass er vor der Tür warten musste, als Roland von Eichenthurm die drei Zugereisten empfing. Ihn interessierte es nicht, was sie hinter der Tür aushandelten. Er wusste, dass von Eichenthurm sich auf alles einlassen würde, was seine Gier nach dem Erlangen von Unsterblichkeit befriedigen würde. Er wollte nur wissen, ob und wie ihm die drei Männer helfen konnten, und zwar sofort. Unruhig lief er vor der Eichentür auf und ab. Nach einer gefühlten Ewigkeit durfte er endlich ebenfalls eintreten.

»Und, Herr, was sagt Ihr?«, platzte Gurgotte heraus. Erst dann fiel ihm auf, dass er sich nicht zuerst verbeugt hatte, wie es der Anstand gebot, und holte es rasch nach.

Von Eichenthurm ignorierte seinen Fauxpas und schien besser Laune, als er sagte: »Meine Herren, erläutern Sie bitte meinem Alchemisten, was Sie mir soeben berichtet haben.«

Berschandt ergriff das Wort: »Mein lieber Gurgotte, wir führen eine Apparatur mit uns, die in der Lage ist, die nötige Energie zu erzeugen, die dem *Gold des Nordens* zugefügt werden soll. So wie Eure basiert auch unsere Arbeit auf alten ägyptischen Schriften. Es würde mich nicht wundern, wenn diese Schriftstücke früher einmal zusammengehört haben.«

Fabién riss die Augen auf. Was er hier hörte, ließ Zuversicht in ihm aufsteigen. Nein, es war mehr als Zuversicht und Hoffnung. Es war eine freudige Erregung. Es musste Schicksal sein, dass sie hier in Berlin aufeinandergetroffen waren.

»Bitte zeigt mir Euren Apparat!«

Von Eichenthurm ließ einen der Schafställe räumen und in ein Experimentierlabor umfunktionieren. Fabiéns bisheriges Labor war zu klein für die Apparatur. In einer dunklen Ecke wurden Pritschen aufgebaut, sodass die Wissenschaftler in Etappen ruhen konnten. Essen wurde ihnen gebracht. Es solle ihnen an nichts fehlen oder sie darin behindern, ihren wissenschaftlichen Erfolg zeitnah zu erreichen, waren von Eichenthurms Worte gewesen.

Fabién staunte, als eine übermannshohe und ebenso breite Holzkiste angeliefert wurde, die mit armdicken

Tauen auf einem Pferdegespann verschnürt war. Zehn Männer waren notwendig, um sie in den ehemaligen Schafstall zu hieven. Gespannt sah Fabién zu, wie die Holzverschalung Stück für Stück abgetragen wurde. Aus einem Wust von Holzwolle ragten hier und dort kupferfarbenes Metall und Teile eines Glasbehälters und gläserner Röhrensysteme heraus. Fasziniert umrundete er den Apparat und nahm jedes Detail in Augenschein. Das Grundgerüst bildete eine Haltevorrichtung aus Kupfer, in die zwei Glasbehälter perfekt eingefasst waren. Ein gläsernes, an jedem Ende gewinkeltes Rohr wurde vor der Apparatur abgelegt und Fabién stellte fest, dass seine Länge an den Zwischenraum zwischen den Glasbehältern angepasst war. Über den Behältnissen thronte eine Art Flaschenzugsystem, an dem ein Seil mit einem Metallstab hing. An diesen Stab wurden an jedem Ende je ein Metallblock angehängt. Fabién malte sich aus, wie diese herabgelassen werden konnten, sodass sie je in eines der Behältnisse hineinragen würden. Der eine Metallblock, so war er sich sicher, war aus Kupfer.

»Sagt, aus welchem Material ist dieser stumpfgrausilbrige Metallblock?«, wandte er sich an Berschandt.

»Es handelt sich um Zink, Monsieur.«

»Ihr möchtet bestimmt wissen, wie er funktioniert?« Henri Merstan trat augenzwinkernd hinzu.

»Allerdings!« Fabién konnte seine Ungeduld nicht verbergen.

»Nun, eigentlich ist die Verfahrensweise ganz einfach.

Man benötigt neben diesen festen Materialien noch zwei Flüssigkeiten, und zwar Zinksulfatlösung und Kupfersulfatlösung. Wichtig ist, dass der Kupferblock vollständig in die blaue Kupfersulfatlösung eintaucht und das Zink von der Zinksulfatlösung umspült wird.«

»Aha. Und was passiert dann?«, hakte Fabién nach.

»Erst einmal passiert augenscheinlich nichts. Wenn man nun aber die Glasröhre mit einer Flüssigkeit füllt, über die Enden der Glasröhre eine dünne Tierhaut stülpt und sie in die beiden Behälter hängt, dann ... Ach, seht am besten selbst. Bringt die Flüssigkeiten!«, rief Merstan einem Helfer zu.

Dieser eilte zum Pferdegespann und kam mit einer quadratischen Holzkiste zurück. Merstan hebelte sie auf und entnahm ihr zwei große Flaschen. Vorsichtig füllte er deren Inhalt in die Glasbehälter des Apparates und ging zum Seil, mit dem Metallblöcke in die Flüssigkeiten herabgelassen werden konnten.

»Kommt herüber, mein lieber Gurgotte«, forderte Merstan Fabién auf. »Fasst hier bitte an den Verbindungsdraht. Nicht so zögerlich. Nun kommt schon. Es wird Ihnen nichts passieren.«

Vorsichtig trat Fabién näher und berührte zaghaft den Draht. Er spürte nur kaltes Metall, wurde mutiger und umfasste den Draht nun vollends.

»Bleibt in dieser Position, bitte«, lautete Merstans Anweisung, während er dem Glasrohr eine dünne Membran aus Tierhaut überstülpte. Dann wühlte er in der

Holzwolle in der Kiste herum, bis er eine braune Glasflasche fand und schüttete ihren Inhalt bis zum oberen Rand in das u-förmige Glasrohr, stülpte dem zweiten Rohrende ebenfalls eine Tierhaut über und ließ die eine Seite des Rohres in den einen Glasbehälter hinab, dann hielt er inne.

»Jetzt passt genau auf«, richtete er sich an Fabién. Dann ließ er das andere Rohrende in den zweiten Tank sinken. Gurgotte zuckte zurück und ließ den Draht los.

»Himmel!«, entfuhr es ihm. »Was war das?« Ungläubig starrte er abwechselnd auf seine Hand und dann auf den Draht. »Aus dem Draht kam ein heftiger Hieb!« Fabién blickte den wissentlich lächelnden Merstan an. »Der Draht hat mich gewaltig geschlagen!«, wiederholte er sich.

»Ja, das hat er tatsächlich.« André Criquote war hinzugetreten. Lachend legte er Fabién die Hand auf die Schulter.

»Das ist Hexenwerk!«, flüsterte Fabién.

»Nein, mein lieber Gurgotte, das ist kein Hexenwerk. Das ist Wissenschaft!«, sagte Merstan.

»Wir stießen in der Sichtung altertümlicher Papyrusrollen in der Bibliothek zu Paris auf eine Zeichnung mit einem altägyptischen Text. Es war mühsam, aber schließlich konnten wir den Inhalt größtenteils übersetzen und die Apparatur nachbauen. Er funktioniert einwandfrei. Was uns aber zutiefst umtreibt, ist die Frage, wofür man diesen Apparat nun einsetzen kann. Als Ihr uns von Eurer

Forschung berichtetet, kam mir der Gedanke, dass man unseren Apparat vielleicht als eine Art Energielieferant für Eure Forschung nutzen könnte. Ihr versteht? Anstelle von Feuer unter Eurem Bernstein. Feuer entflammt den Stein und verbrennt ihn.«

»Da habt Ihr absolut recht!«, Fabién war entzückt. Wie würde wohl der Stein auf den schlagenden Draht reagieren und wie konnte man ihn integrieren? Ganz allmählich formte sich in seinen Gedanken ein Bild.

»Es ist fertig!« Aufgeregt stürmte Fabién in das Labor. Auf seinen Händen trug er ehrfürchtig einen kindskopfgroßen Bernstein, der von einem kupfernen Drahtkäfig umgeben war. An seinen Polen ragten zwei dicke, biegsame Kupferdrähte heraus. Merstan, Berschandt und Criquote eilten herbei und halfen, die Kupferdrähte an der die Metallblöcke verbindenden Metallstange zu befestigen. Als sie fertig waren, baumelte der Bernstein-Kupfer-Käfig zwischen den beiden Metallblöcken.

»Bereit?«, fragte Criquote in die Runde.

Die anderen nickten. Criquote trat an das Seil und ließ die Metallblöcke in ihre vorgesehene Flüssigkeit sinken.

Für den Bruchteil einer Sekunde wollte sich Enttäuschung in Fabién ausbreiten, doch dann traute er seinen Augen nicht. Er konnte sich gerade noch schützend hinter einer Schafverschlagswand in Sicherheit bringen, als der Bernstein-Kupfer-Käfig begann, grell lilafarbene Blitze auszuspucken und unangenehm zu knistern. Es war wie ein Gewitter ohne den Donnerschlag. Er hörte, wie Merstan aufstöhnte, dann das dumpfe Geräusch eines zu Boden fallenden Körpers. Merstans Jammerlaut schwoll an. Fabién wagte es und spähte vorsichtig um die Verschlagswand herum.

Der Anblick, der sich ihm bot, war grauenvoll, aber auch zutiefst faszinierend. Er konnte sehen, wie aus der Bernsteinkugel unablässig Blitze in alle Richtungen ausgestoßen wurden. Durch Holz schienen sie nicht hindurchdringen zu können, Metall lenkte sie ab, bremste sie aber nicht. Auf dem Boden sah er Merstan liegen, der anscheinend bewusstlos war. Ein dauerhafter Blitz stellte eine konstante Verbindung zwischen dessen Kopf und dem Apparat her.

Rufe drangen von draußen an Fabiéns Ohren. Die Stalltür wurde aufgerissen und eine ganze Gruppe Soldaten stürmte herein. Was sich nun ereignete, mochte Fabién erst zu einem viel späteren Zeitpunkt zu deuten vermögen.

Kaum hatten die Mannen den Raum betreten, suchten sich die Blitze auch deren Köpfe und bildeten eine kontinuierliche Verbindung mit der Bernsteinkugel. Die Männer stöhnten auf, gingen in die Knie und verloren das Bewusstsein. Der Blitzstrom brach nicht ab. Fabién musste mehrfach blinzeln und dann war er sich sicher, dass seine Augen ihm keinen Streich spielten. An der Stelle, an der der Blitz den Kopf eines Menschen traf, bildete sich ein silbriger Nebel. Ganz langsam hangelte sich dieser entlang des Blitzes aus dem Kopf heraus und bewegte sich wie eine Spinne auf den Bernstein zu. Dies ereignete sich an allen Köpfen, mit denen ein Blitz eine Verbindung eingegangen war. Als die silbrigen Schleier den Stein erreichten, ertönte ein tiefes, bienenschwarmartiges Summen und der Bernsteinkäfig vibrierte. Fabién schluckte und duckte sich. Dann entsprang dem Käfig ein Netz aus noch feineren, silbrig weißen Nebelfäden. Die Blitze verebbten und Fabién fand sich in einer Art Zelt aus Nebelfäden wieder. Berschandt und Criquote hatten sich ebenfalls in Sicherheit bringen können und traten nun zu ihm, ebenso sprachlos wie er.

Criquote konnte sich als Erster aus seiner Starre lösen und kniete sich zu Merstan hinab.

»Er lebt, aber er ist bewusstlos. Was um Himmels willen haben wir angerichtet?«, fragte er in die Runde.

»Ich weiß es nicht«, murmelte Berschandt. In seinem Gesicht spiegelte sich Faszination. Er stand auf und ging zur Stalltür. Criquote und Fabién folgten ihm.

Absolut fantastisch, dachte Fabién, als sie auf den Platz vor ihrem Labor blickten.

Es hatte sich eine nebelartige Kuppel gebildet, die in etwa die Hälfte des Marktplatzes überspannte. Fabién trat an die Nebelwand heran. Der Nebel war so fein, dass er wie eine dünne Glasschicht wirkte. Vorsichtig streckte er die Hand aus und betastete die Barriere. Er hatte die Kühle von Glas erwartet und war erstaunt, dass sie sich warm und lebendig anfühlte. Sie erinnerte ihn an menschliche Haut. Fasziniert zog er die Hand wieder zurück.

»Kommt!«, rief er Criquote und Berschandt zu. »Das müsst Ihr sehen! Ich verstehe nicht ...«, er brach ab.

»Ich glaube, ich weiß, was gerade passiert«, mischte sich nun Criquote ein. Die beiden anderen schauten ihn fragend an. Criquotes Augen leuchteten und ein glückliches Strahlen machte sich auf seinem Gesicht breit: »Wir haben es geschafft!«

»Was haben wir geschafft?«, hakte Fabién nach.

»Wir konservieren Zeit!«, rief er noch einmal in die Gesichter der anderen beiden Alchemisten, schüttelte Berschandt an den Schultern und begann sich wild tanzend über den Platz zu drehen. Die Erkenntnis sickerte langsam auch in Fabién und er stimmte in den wilden Tanz ein. Doch dann versiegte der Nebel ganz plötzlich, das ätherische Gewölbe riss ab und die drei Männer fanden sich an gleicher Stelle, aber in stockfinsterer Nacht auf dem Platz wieder.

»Was macht Ihr hier?« Eine Männerstimme hinter ihnen ließ sie herumfahren. Zwei Soldaten richteten ihre Schwerter auf sie. »Ach, sieh an. Es sind die Herren Alchemisten. Ihr habt tatsächlich den Mut, Euch hier noch einmal blicken zu lassen? Ihr müsst mitkommen«, befahl ihnen der Soldat. Unbeirrt hielt er seine Waffe auf sie gerichtet.

Fabién und seine beiden Mitstreiter mussten in einem Gang vor dem Gemach von Roland von Eichenthurm einige Zeit warten, bis sie schließlich eintreten durften. Es waren weitere Soldaten als Unterstützung hinzugerufen worden, als wären die Alchemisten die gefährlichsten Gauner, die man sich vorstellen kann.

»Ihr wagt es, Euch hier erneut zu zeigen?«, brüllte von Eichenthurm. »Erst habt Ihr die Dreistigkeit, einfach zu verschwinden. Und dann taucht ihr nach Monaten einfach wieder hier auf, als wäre nichts geschehen?« Er richtete sich zu voller und beeindruckender Körpergröße auf und schritt um den Tisch auf sie zu. Fabién frohlockte innerlich. Mehrere Monate! Und ja, von Eichenthurm schien gealtert zu sein. War nicht gestern noch sein Bart eine halbe Handbreit kürzer gewesen?

Wutentbrannt wollte von Eichenthurm nach Fabién greifen. Schnell trat dieser einen Schritt zurück, senkte demütig das Haupt und sagte: »Herr, wir waren erfolgreich.«

»Wollt Ihr mich, Roland von Eichenthurm, auf den Arm nehmen?« Er ergriff Fabiéns Arm und packte schmerzhaft zu. »Sieh mir ins Gesicht!«, sagte er und schüttelte Fabién dabei.

»Aber Herr, versteht Ihr denn nicht?« Fabién winselte wie ein verängstigter Hund. Sein Arm schmerzte unter dem Griff. »Sagt, welcher Tag ist heute?«

»Was soll das? Ihr wisst, welchen Tag wir haben! Wir haben gestern die Wintersonnenwende gefeiert.«

»Drei Monate«, murmelte Berschandt. »Ganze drei Monate!« Seine Stimme wurde laut ob dieser Erkenntnis.

»Herr, wir haben ganze drei Monate konservieren können«, wiederholte Fabién die Worte. »Versteht Ihr denn
nicht?« Endlich ließ von Eichenthurm seinen Arm los.

»Was willst du mir da weismachen?«

»Gurgotte spricht die Wahrheit. Wir waren die ganze
Zeit hier in unserem Labor. Wir haben ganze drei Monate
konservieren können. Eure Zeit lief weiter, Euer Bart ist
knapp eine halbe Handbreit gewachsen in dieser Zeit!«

Berschandt war ganz erhitzten Gemüts. Fabién sah
hektische rote Flecken auf dem sonst so blassen Antlitz
des Franzosen.

»Ihr meint, es hat tatsächlich funktioniert?«, dämmerte es nun auch von Eichenthurm.

»Ja!«, antworteten alle drei Alchemisten wie aus
einem Mund.

»Allmächtiger!«

ADRIAN
BERLIN IM JAHRE 1630

Niedergeschlagen trottete Adrian flussaufwärts. Als es dunkel wurde, suchte er Schutz unter alten Bäumen, doch sein Herz war so schwer, dass er auch in dieser Nacht keinen Schlaf fand.

Immer wieder dachte er über eine Lösung nach, wie er zu gleichen Teilen NEW LENDT dienen und mit Brida zusammenleben könnte. Er schwor sich, dass er nach ihr suchen würde. Mit diesem Plan fand er kurz vor der Morgendämmerung doch noch in einen kurzen, unruhigen Schlaf.

Als Adrian erwachte, schulterte er seine Ledertasche und machte sich auf den Weg. Er schlug den Lederüberschlag seiner Tasche auf und konnte im Inneren den Extraktor liegen sehen. Wenn er sich recht besann, war dieser gefüllt. Aber so ganz sicher war er sich nicht. Er konnte sich nur noch bruchstückhaft an jene schicksalsträchtige Nacht erinnern, in der er aufgeflogen und beinahe gefangen oder sogar getötet worden war. Was hatten sie wirklich von ihm gewollt? Hatten sie ihn wirklich töten wollen? Vielleicht war ihr Plan auch gewesen, ihn gefangen zu nehmen. Und er hatte einfach pures Glück gehabt, dass er in die Spree gestürzt war.

Gut, dachte er, der Weg ist noch weit, es wird sich eine Gelegenheit ergeben, Seelenfluid zu sammeln. Dann werde ich auch sehen, ob das Ding überhaupt noch funktioniert. Sollte der Extraktor Schaden genommen haben, bräuchte er nicht nach NEW LENDT zurückzukehren. Sie würden ihn und seine Mutter hinrichten. Wäre er doch zu nichts mehr nutze.

Ich könnte den Extraktor aber auch wegwerfen und zu Brida zurückkehren. Wie verlockend war der Gedanke, ein einfaches Leben mit einer lieben Frau an seiner Seite zu leben. Und schon meldete sich schmerzlich seine zweite innere Stimme zu Wort: Du hast einen Eid geschworen. Du hast deinen Leib und dein Leben Roland von Eichenthurm übereignet. Nur er darf darüber verfügen und bestimmen.

Worte drangen an sein Ohr und ließen seinen inneren Konflikt verstummen. Am Ufer machte jemand Rast.

Adrian schlich lautlos näher. Er konnte einen älteren Mann ausmachen. Dieser saß auf einem umgestürzten Baumstamm am Flussufer und schien mit sich selbst zu reden. Adrian schlich noch näher und hielt inne, als er ein Knurren hörte. Der Mann verstummte, saß plötzlich ganz aufrecht und da schoss auch schon ein graues zotteliges Wesen an ihm vorbei auf Adrian zu, stoppte in sicherem Abstand und kläffte lauthals in das Gebüsch hinein, hinter dem sich Adrian verbarg.

»Komm heraus!«, rief der Mann.

Widerwillig verließ Adrian seine Deckung.

»Was machst du da? Willst du dich anschleichen und mich etwa überfallen? Ich habe nichts bei mir, was es sich zu stehlen lohnt. Sei gewiss!«

»Könnt Ihr bitte Euren Hund zurückrufen?« Misstrauisch beäugte Adrian das graue Fellknäuel. Er wusste, dass Hunde treue Gefährten waren und für ihren Herrn selbstlos alles taten. Selbstlos, ja, so sollte er seinem Herrn gegenüber auch sein. Weich war er geworden. Liebe stand ihm nicht gut zu Gesicht, schimpfte es wieder in ihm.

»Wolke, zurück, hier!«, gab der Mann kurze Kommandos und mürrisch knurrend zog sich der Hund langsam zurück, ließ Adrian aber nicht eine Sekunde aus den Augen.

»Nein, es liegt nicht in meinem Interesse, irgendjemanden auszurauben. Ich bin auf dem Weg in die Stadt.«

»Nach Berlin?«

»Jawohl.«

»Nun, ich denke, ich kann dir glauben. Setz dich doch zu mir. Wolke! Platz!«, rief er dem Hund zu und das Zottelbündel legte sich zu Füßen seines Herrchens. Das Knurren verebbte und als Adrian sich neben seinem Gastgeber auf den Stamm setzte, legte der Hund seinen Kopf zwischen seinen Vorderbeinen ab. Der Hund entspannte und Adrian nahm wahr, dass in gleichem Maße die Körperhaltung des Herrchens sich lockerte. Diese vollkommene Einheit zwischen Hund und Mensch hatte Adrian bereits wiederholt bewundern können. Der ein oder andere Hund hatte Adrians Pläne bereits sogar durchkreuzt. Er entschloss sich, zunächst Abstand von seinem Vorhaben, den Extraktor vollends zu füllen, zu nehmen, und eröffnete das Gespräch:

»Mein Name ist Adrian. Wie lautet der Eure?«

»Gustav. Gustav Harsten. Ich komme aus der Stadt, auf die Ihr zustrebt. Keine gute Stadt, wenn Ihr mich fragt.«

»Wie meint Ihr das, Gustav? Ist es nicht eine Stadt, wie jede andere größere Ansiedlung von Menschen?«

»Das war sie, mein Junge, das war sie, bevor der Schwarze Tod über sie hereinbrach. Aber seit einiger Zeit geschehen dort noch andere Dinge.«

Adrian konnte sehen, wie es Gustav erschauern ließ.

»Ich habe sie gesehen«, flüsterte Gustav.

»Was habt ihr gesehen?«

»Nun, ich würde sie Nebelwesen nennen«, antwortete Gustav sehr zögerlich.

»Geister?«, fragte Adrian skeptisch.

»Ihr haltet mich bestimmt für verrückt, aber ich habe sie gesehen. Und nicht nur ich, müsst Ihr wissen. Ich bin bei Weitem nicht der Einzige, der Berlin verlassen hat.«

»Wegen der Geister?«

»Ja, wegen der Geister, der Nebelwesen, der Gespenster, wie auch immer. Berlin ist verhext. Glaubt mir. Es ist kein guter Ort mehr. Wenn er denn jemals einer gewesen ist.«

»Bitte, Gustav! Erzählt mir ganz genau, was Ihr gesehen habt!«

Und Gustav begann widerstrebend zu berichten.

Seine erste Erscheinung, wie er es umschrieb, hatte er vor fünf Tagen gehabt. Er war erwacht, als die ersten vorsichtigen Sonnenstrahlen eines frisch erwachenden neuen Tages durch das Fenster sein Gesicht kitzelten. Er glaubte an einen ihm noch nachhängenden Traum, als er schemenhaft neben und teilweise durch seine Möbel hindurchscheinende andere, ihm fremde Möbelstücke ausmachen konnte. Auch hatte er den Eindruck, dass eine Lehmwand Teile seines Zimmers durchzöge, so als hätte des Nachts jemand die Raumaufteilung umgestaltet, die alten Wände aber trotzdem belassen. Irritiert hatte er sich in seinem Bett aufgerichtet. In Reichweite stand ein durchscheinender Holzschemel zu seiner Rechten und er konnte dem Drang nicht widerstehen, ihn anzufassen. Das Gruselige war, dass er ihn nicht greifen konnte, sondern seine Hand durch den Gegenstand hindurchglitt.

Er versuchte es noch einmal, zu präsent war dieser neue Gegenstand. Und wieder konnte er ihn nicht greifen. Verstört blickte er sich in dem Raum um. Die Geisterwelt flackerte auf. Kurz wurde diese Welt noch intensiver, greifbarer, dann war der Spuk vorbei und die eben noch hell den Raum erleuchtende Morgensonne, zog sich hinter einer Wolke zurück. Die Schemenwelt verblasste mit ihr.

»Erstaunlich, was ich da höre«, sagte Adrian.

»Da dachte ich noch, ich wäre noch nicht richtig wach gewesen und ließ es auf sich beruhen. Doch als ich an diesem Tag auf den Markt ging, fiel mir auf, dass statt des sonstigen Gewusels sich überall kleinere Grüppchen gebildet hatten. Es wurde getuschelt und es war viel stiller auf dem Platz, als es sonst der Fall ist. Ich ging zu Karl hinüber, der mit zwei weiteren Männern in ein ernstes Gespräch vertieft war. Auf meine Frage, was los sei, druckste er zunächst herum und Sven antwortete an seiner statt. Etwas Seltsames habe sich ereignet und er fragte mich, ob ich etwas Auffälliges gesehen hätte. Scherzhaft antwortete ich, dass zu Sonnenaufgang kurzzeitig zusätzliche Möbel in meiner Behausung gestanden hätten, ich den Tagtraum aber schnell hätte vertreiben können. Was mich erstaunte, war die Reaktion meiner Gesprächspartner. Ein wissendes, ja, sogar bekräftigendes Nicken war die Antwort. Ungläubig runzelte ich die Stirn und fragte sie, ob sie mich auf den Arm nehmen wollten. Doch Karl flüsterte mir zu, dass ich nicht der Einzige wäre, dem solches widerfahren sei. Manche hätten auch durchscheinende menschliche Gestalten, ja, echte Geister gesehen. Ich konnte das nicht glauben.«

»Seltsam«, gab Adrian von sich. Er folgte Gustavs Erzählung gespannt wie ein Flitzebogen. »Erzähl weiter.«

»Dann geschah etwas sehr, sehr Beunruhigendes. Wir bemerkten, dass die Gespräche um uns herum verstummten, wir hörten kurze spitze Aufschreie, ein Raunen, dann Totenstille. Wir sahen uns um. Es schauderte uns, als wir zwischen den Marktbesuchern nebelartige Wesen laufen sahen. Sie waren in einfache Leinenkleidung gekleidet und schmutzig. Sie bewegten sich wie selbstverständlich zwischen unseren Marktständen und teilweise sogar mitten durch sie hindurch. Weitere durchscheinende Stände waren erschienen, neben oder mitten in unseren Ständen. Die Wesen schienen genau wie wir auf diesem Geistermarkt Handel zu treiben. Sie wirkten sehr geschäftig. Nur im Gegensatz zu uns konnten sie uns nicht sehen. Die Leute schrien, wenn einer der Geister mitten durch einen von uns einfach so hindurchging. Ich versuchte Geisterkartoffeln anzufassen, die auf einem Geisterstand zu meiner Linken erschienen waren. Doch meine Hand glitt einfach so hindurch. Es war zutiefst verstörend und beängstigend, das versichere ich dir.«

»Bitte, was geschah dann?«, hielt Adrian die Unterhaltung neugierig am Laufen.

»Dann war es ganz plötzlich vorbei. Einfach so. Aus, weg. Nichts mehr da vom Spuk. Es hatte insgesamt nur wenige Sekunden gedauert, aber alle, wirklich alle, auf diesem Marktplatz waren Zeugen dieser Erscheinungen.«

»Sehr mysteriös«, stimmte Adrian zu. »Blieb es bei dieser Erscheinung?«

»Wäre ich jetzt hier, wenn es die einzigen Male gewesen wären?«, fragte Gustav forsch.

»Nein, vermutlich nicht. Wie ging es weiter, was habt Ihr noch gesehen?«

»Die Vorkommnisse häuften sich. Immer wieder erschienen diese Geisterwesen, diese Geisterwelt mit ihren altmodischen Behausungen für wenige Momente.« Entsetzen stand in Gustavs Gesicht.

In Adrian regte sich ein drängendes, ungutes Gefühl und er fragte voller Argwohn: »Erscheint auf dem Marktplatz vor dem Rathaus noch etwas?«

Fragend schaute Gustav ihn an. Dann nickte er.

»Dort ist ein Pranger zu sehen.«

»Ist der Pranger verlassen, ist er unbenutzt?« Adrians Fragen wurden drängender.

»Wieso fragt Ihr das? Nein, er ist nicht leer.«

»Was habt Ihr am Pranger genau gesehen?«

»Eine blonde Frau ist dort angebunden«, antwortete Gustav, den skeptischen Blick nicht von Adrian ablassend. »Kennt Ihr das Weib etwa?«

»Natürlich nicht«, antwortete Adrian einen Hauch zu schnell.

Wolke winselte leise.

»Ihr wisst, was sich dort abspielt, nicht wahr?« Nun

war es an Gustav, die Fragen zu stellen. Er war misstrauisch geworden.

»Nein, weiß ich nicht.« Adrian wand sich. Das Gespräch nahm eine für ihn sehr unangenehme Wendung an. Doch Gustav ließ nicht locker.

»Seid Ihr etwa ein Hexenmeister oder Geisterseher?«, argwöhnisch rückte Gustav ein Stück von Adrian ab. Wolke hob fragend seinen Kopf.

»Nein, natürlich nicht. Ich mache mir nur meine Gedanken. Es könnte doch sein, dass an diesem Pranger eine sehr mächtige Hexe bestraft wurde. Vielleicht verfügt sie über Kräfte, die die Zeit überdauern, oder sie ist in der Lage, ebendiese zu manipulieren.« Mühsam sog Adrian sich diese Geschichte aus den Tiefen seiner Fantasie. »Vielleicht flüchtet sie in diese unsere Zeit und nimmt die damaligen Menschen um sich herum mit sich?«

Adrian blickte in Gustavs verwirrtes Gesicht. Es schien hinter dessen Stirn heftig zu arbeiten.

»Meint Ihr dies wahrhaftig?«, fragte Gustav verschreckt. »Und wenn Ihr tatsächlich recht haben solltet, dann muss ich umso weiter von hier fort.«

Gustav erhob sich.

»Komm, Wolke. Wir gehen. Hier ist es nicht sicher. Gehabt Euch wohl.« Gustav nickte in Adrians Richtung und ging zügigen Schrittes davon. Wolke folgte dicht auf.

Es ist schlimmer, als ich befürchtet habe, dachte Adrian und erhob sich ebenfalls. Die Zeitkuppel wird instabil. Ich muss mich beeilen.

Und nicht nur sein Auftrag drängte, beendet zu werden. Er hatte eine sichere Ahnung, wer die Frau am Pranger war und dort an seiner statt die Wut und Grausamkeiten Roland von Eichenthurms erleiden musste.

Je näher Adrian Berlin kam, desto mehr Menschen kamen ihm entgegen. Viele hatten ihr gesamtes Hab und Gut auf Handkarren geschnallt. Die Antworten auf Adrians Fragen waren stets die gleichen.

»Geister, nicht mehr sicher, da kann man nicht bleiben, Vorhof zur Hölle ...«

Als Berlin endlich in Sichtweite kam, erfüllten sich Adrians schlimmste Befürchtungen. Im grau verhangenen Himmel über der Stadt war hier und da ein feines Glitzern zu sehen. Adrian beschleunigte seinen Schritt.

Er gelangte an das nördliche Stadttor. Es herrschte reges Treiben, sodass niemand bemerkte, dass er sich seitlich aus dem Strom von wuselnden Menschen hinaus und in eine Nische der Stadtmauer hineinbegab. Exakt hier befand sich der äußere Rand des Seelenfadennetzes. Das feine Glitzern und Aufblitzen war auch in der Steinmauer zu sehen.

Adrian nestelte an seinem Leinenhemd und zog an dem Lederband, das er um den Hals trug. Ein in ein Kupferdrahtgeflecht eingefasster Bernstein kam zum Vorschein. Er drehte sich zur Wand, um mit seinem Rücken eventuelle neugierige Blicke abzuschirmen. Dann berührte er mit dem Stein die Wand. Feine, silbrige Blitze, dünn wie Spinnweben, züngelten aus dem Drahtgeflecht heraus und bildeten ein Netz, das sich über die Wand ausbreitete. Der nördliche Kuppelrand wurde wie ein feiner Nebel sichtbar und die Nische veränderte sich. Aus Stein formte sich eine Eichentür. Adrian entnahm seiner Umhängetasche einen Schlüssel, schloss die Tür auf und schlüpfte hindurch. Die Tür fiel hinter ihm ins Schloss.

Der Gang, der sich hinter der Eichentür anschloss, teilte sich nach einigen Metern und wurde durch Fackeln erhellt. Adrians Aufgabe wäre es gewesen, sich direkt zum Apparat zu begeben und das Extrakt einzuleiten, um die Kuppel zu stabilisieren. Doch die Sorge um seine Mutter führte ihn über den anderen Gang in den Keller des Berliner Rathauses. Hier waren der Aufstieg und eine Falltür, die Adrian hinein nach NEW LENDT führten. Schnellen Schrittes begab er sich zum Marktflecken vor dem Rathaus. Seine schlimmste Sorge wurde bestätigt. Am Pranger war seine Mutter der öffentlichen Ächtung ausgeliefert. Er erschrak. Ihre Kleidung war an einigen Stellen zerrissen und ihr Gesicht war schmutzig. Schwach und benommen blickte sie aus müden Augen ins Leere. Liebevoll nahm er ihr Gesicht in die Hände und hob ihren Kopf an. Ihre Augen folgten schleppend. Nur zögerlich klärte sich ihr Blick und sie erkannte ihren Sohn.

»Adrian«, ihre Stimme war schwach. »Wo warst du so lange?«

»Jetzt bin ich da, Mutter. Alles wird gut.«

Adrian war entsetzt, wie schwach seine Mutter geworden war. Dies musste auch ein Zeichen dafür sein, dass die Kuppel starken Schwankungen unterworfen war.

»Ich hole dich hier raus. Hab ein wenig Geduld, Mutter.«

Adrian wollte sich gerade abwenden, da hielt Gretha ihn zurück:

»Du musst Siegfried helfen. Bitte! Roland will ihn der Kuppel verweisen, weil er mich befreien wollte.«

»Alles wird gut. Ich werde mich darum kümmern.«

So führte Adrians nächster Weg nicht zurück in das Kellergewölbe der Zeitkuppel, sondern in den ersten Stock der Gerichtslaube. Hier hatte Roland von Eichenthurm seine Geschäftsräume.

Beim Überqueren des Marktplatzes blickte er himmelwärts. Das ätherische Netz aus Seelenextrakt war deutlich sichtbar und wies an manchen Stellen Löcher im Energiegewebe auf. Die Zeit drängte.

Adrian hämmerte an von Eichenthurms Tür. Ein Diener öffnete. Adrian drängte sich an ihm vorbei und rannte in das Arbeitszimmer, wo von Eichenthurm hinter seinem wuchtigen Schreibtisch aus dunklem Eichenholz saß.

»Adrian!«, rief dieser und sprang überrascht auf. Irritiert bemerkte Adrian, wie von Eichenthurms Hand zu dem Griff des Messers schnellte, das er am Gürtel trug.

Instinktiv spannte sich jede Faser in Adrians Körper an und er wich misstrauisch einen Schritt zurück.

Hinter ihm hatte der Diener den Raum wieder verlassen und die Tür geschlossen.

Adrian lauschte auf Schritte hinter der Tür und vernahm ein leises Rascheln von Kleidung und Ledersohlen auf dem Boden. Sie machten sich bereit, ihn gefangen zu nehmen.

»Herr, was soll das werden?«, fragte Adrian vorwurfsvoll und nickte in Richtung Tür, während er den Extraktor aus seiner Umhängetasche zog und ihn drohend in von Eichenthurms Richtung hielt.

»Tu nichts Unüberlegtes, Adrian.« Beschwichtigend nahm von Eichenthurm seine Hand vom Messergriff und hielt Adrian seine leeren Hände entgegen.

»Ihr haltet meine Mutter gefangen? Und Siegfried ebenfalls?«

»Das stimmt. Aber, Adrian, wo zum Henker warst du? Wir hatten uns schon auf einen geplanten Angriff deinerseits auf NEW LENDT vorbereitet. Deine Mutter ist nur das unübersehbare Pfand, um uns zu schützen, wenn du hier einmaschierst.«

»Wie bitte?« Adrian war entsetzt. »Wie kommt Ihr auf solch einen absurden Gedanken?«

»Nun, du bliebst verschwunden. Ich wollte sicherstellen, dass du nicht heimlich etwas planst, dann deine Mutter entführst und uns dem Untergang preisgibst.«

Adrian war perplex. Wie konnte von Eichenthurm so etwas denken?

»Und Siegfried?«, fragte er.

»Ich nahm ihn in Gewahrsam, nachdem er versuchte, deine Mutter aus dem Pranger zu befreien.«

»Ich bin Euer treuester Diener! Wie könnt Ihr so etwas denken?«

»Ich war mir deiner Treue nicht mehr sicher. Erzähl bitte. Was ist dir zugestoßen?«

Von Eichenthurm trat um seinen Schreibtisch herum und musterte ihn kritisch. Dann ging er zur Tür, öffnete sie weit und befahl seinen Soldaten, sich ein Stück zurückzuziehen. Er ließ aber die Tür offen stehen, dass sie im Notfall leicht in den Raum eindringen konnten, um ihn zu schützen.

»Du hast dich verändert, Adrian. Du bist gealtert, hast langes Haar und Bartwuchs.« Seine Augen verengten sich zu Schlitzen, als er Adrians Stirn am Haaransatz und seinen Hals kritisch musterte. »Und du hast einige Narben dazugewonnen.«

»Ich bin in einen Hinterhalt geraten und konnte nicht sicheren Weges zurückkehren. Sie mussten mich schon länger beobachtet haben und überfielen mich, schlugen mich bewusstlos. Ich muss ins Wasser gefallen sein, denn als ich zu mir kam, war ich weit außerhalb der Stadtmauern. Jemand zog mich aus dem Wasser und pflegte mich, da ich zu allem Übel auch noch schwer erkrankt war.« Von Eichenthurm hob die Hand und gab Adrian damit zu verstehen, seinen Bericht zu stoppen.

»Jetzt bist du ja wieder da. Hast du Extrakt gesammelt?«, fragte von Eichenthurm.

Adrian nickte und hielt ihm demonstrativ das Entnahmegerät entgegen. »Ich werde es in das Kellergewölbe bringen und den Apparat speisen. Aber nur, wenn Ihr sofort meine Mutter und Siegfried freilasst!«

»Selbstverständlich, Adrian. Lasst Gretha unverzüglich frei! Und Siegfried ebenfalls!«, rief er in Richtung der Garde gewandt. Dann schloss er die Tür und bat Adrian, sich zu setzen. Auch von Eichenthurm nahm wieder seinen Platz hinter dem wuchtigen Schreibtisch ein.

»Ein Hinterhalt, sagst du?«

»Ja, am westlichen Tor.«

»Werden sie eindringen können? Du sprachst von ihnen. Mehrere Mannen?«

»Ja, es waren mehrere.«

»Dann ist das westliche Tor nun tabu für dich. Wir wollen nichts riskieren.«

»Ja, das ist vernünftig, Herr«, stimmte Adrian zu.

Von Eichenthurm nahm ein Glöckchen vom Schreibtisch und klingelte nach seinem Diener. Dieser erhielt die Order, dass Gretha und Siegfried gesäubert und ihnen ein stattliches Mahl zugeführt werden sollten.

»Doch nun, Adrian, bitte walte deines Amtes. Speise den Apparat. Unsere Welt beginnt löchrig und instabil zu werden. Und dann begebe dich zu Gretha und Siegfried und stärke dich. Ein Bad täte dir ebenfalls gut. Solche

Gerüche, wie du sie an dir trägst, hatte ich tatsächlich vergessen, dass es sie gibt.«

Adrian deutete eine Verbeugung an und begab sich daraufhin direkt zum Rathaus. Er stieg die steinernen Treppen hinab in die unterirdischen Kellergewölbe und folgte den Gängen bis unter den Marktflecken. Vor dem Gitter des kopfgroßen Bernsteins blieb er stehen und entnahm seiner Umhängetasche den Extraktor. Mit einem leisen Klickgeräusch öffnete er ihn und der silbrige Dunst strömte aus dem Gefäß in das Kupfergitter des Bernsteins, zischte und züngelte, um sich dann fließend in die Zeitkuppel einzufügen.

Seltsam, dachte Adrian. Von Eichenthurm interessierte sich so überhaupt nicht für die äußere Welt. Ihm schien nur wichtig zu sein, dass sein kleines Reich unverändert und beschützt blieb. Anfangs hatte Adrian von den Umbauten und Veränderungen im Außen erzählt, doch von Eichenthurm hatte ihn stets rüde unterbrochen. Als Adrian erzählt hatte, dass er draußen erkrankt war, war von Eichenthurm unruhig geworden und hatte das Thema schnell gewechselt. Er scheint eine unsagbare Angst vor Krankheit, Tod und Verfall zu haben, mutmaßte Adrian. Ja, das vor Erkrankung und Tod geschützte Leben in der Zeitkuppel hatte seine Vorzüge. Das war Adrian nach seiner Odyssee, in der er nur knapp dem Tode entkommen war, nun noch bewusster geworden. Gleichzeitig fühlte er einen schmerzhaften Stich, als er daran dachte, dass Brida ein gemeinsames Leben mit ihm in der konservierten Zeit ablehnte. Er verstand Brida nicht. Warum verließ sie ihn und wählte ein Leben in Schmerz und Verfall? Nach all dem körperlichen und seelischen Schmerz, den sie erlebt hatte? Brida. In Gedanken sah er sie vor sich, drückte sie an sich, roch den Duft, der sie umgab. Er seufzte. Die Sehnsucht nach ihr quälte ihn. Er musste sie einfach wiedersehen.

Als Adrian den Marktplatz wieder betrat, konnte man die Kuppel nicht mehr sehen. Sie war wieder voll funktionstüchtig.

Sein Blick fiel auf den Pranger. Er war leer.

ROLAND
BERLIN IM JAHRE 1373

Roland kam täglich im Experimentierraum vorbei und ließ sich über die Fortschritte und den aktuellen Stand der Forschungen unterrichten. Es folgten Monate mit unzähligen Versuchsreihen. Zunächst bauten die Alchemisten einen kleineren Apparat, um die Ausmaße und Auswirkungen der Kuppel in kontrollierbarem Umfang testen zu können. Sie wollten den Apparat beherrschen können.

Die Kuppel bildete sich nur in Anwesenheit von lebenden Menschen. Um genau zu sein, wurden ihre Köpfe benötigt. Tiere eigneten sich nicht. Nach vielen Versuchen mit schwerwiegenden Auswirkungen auf die mentale Gesundheit der Versuchspersonen konnte der Schaden durch kürzere Experimentintervalle geringer gehalten werden. Es schien auch ein Unterschied in der Qualität des aus den Schläfen der Probanden austretenden Nebels zu bestehen. In manchen Versuchsreihen konnte ein hervorragendes Zeitkonservierungsfeld mit nur wenigen Menschen erzeugt werden, in anderen Fällen benötigte man die doppelte Anzahl an Personen.

Die Alchemisten nannten es Seelenextrakt, was sie den Versuchspersonen mithilfe der Blitze entnahmen. Nahmen sie zu viel, war der Seelenkörper stark beschädigt, und das dauerhaft. Geistige und teils auch körperliche Krüppel blieben zurück.

Roland hatte lange hin und her überlegt, wie das Reich, sein Imperium, aussehen solle. Er hatte sich für ein komplettes Abbild der Doppelstadt entschieden. Was wäre ein Regent, wenn sein Herrschaftsgebiet nur aus einer Handvoll Untertanen bestehen würde? Über eine ganze Stadt bestimmen zu können, ja, das würde sich lohnen. Er malte sich aus, wie er Menschen, die sich ihm widersetzten, einfach aus der schützenden Zeitkuppel warf. Er allein hätte die absolute Macht, über Leben und Tod zu entscheiden.

Dieses Ziel war in greifbarer Nähe und so wurde er nicht müde, seine Soldaten auszuschicken, um Gefangene für diese Versuchszwecke zu nehmen. Nichts sollte die Alchemisten in ihrem Tun ausbremsen.

Roland beobachtete zufrieden, wie sie emsig die Technik immer weiterentwickelten. Tote gab es keine mehr. Sie hatten sie sogar so weit verfeinert, dass der Seele der Versuchsperson nur noch die Spitzen abgetragen wurden. Konkret bedeutete dies für die Spender, dass ihnen die Möglichkeit genommen wurde, sich sehr freuen, tief trauern oder Mitgefühl zeigen zu können. Ein zu verachtendender Preis in Anbetracht der Möglichkeiten, die sich dadurch eröffneten, fand Roland.

Der nächste Schritt bestand in der Entwicklung eines großen Basisapparates. Hierfür ließ Roland tief unter dem Marktplatz ein Kellergewölbe bauen, das das Zentrum der Berlin und Cölln überspannenden Kuppel bilden sollte. Das Herzstück, das über dem Apparat am Kellerkuppelgewölbe montiert wurde, war ein kindskopfgroßer Bernstein, eingelassen in einen Kupferkäfig. Die Zugänge zum Kellergewölbe ließ Roland als geheime Gänge im Keller der Gerichtslaube, des Rathauses und in den unterirdischen Gewölben der Nikolaikirche anlegen.

Für Roland war es naheliegend, Personen anzuzapfen, die auch in der Kuppel verbleiben sollten. Er hatte große Freude daran, seine Untertanen zu erwählen und ihnen ewiges Leben zu schenken. Er fühlte sich gottgleich und er genoss es.

Doch jede neue Technik hatte natürlich auch ihren Haken. Plötzlich kollabierte die Zeitkuppel. Die Gruppe der Auserwählten erwies sich als nicht ausreichend, um die Zeitkonservierungskuppel aufrechtzuerhalten. Neue Spender mussten angezapft werden. Die Alchemisten waren sich einig, dass in regelmäßigen Abständen frischer Seelenextrakt von außerhalb gewonnen und in die Kuppel gebracht werden musste, um den Apparat störungsfrei laufen lassen zu können. Sie beratschlagten sich mit Roland und installierten Übergänge zur Außenwelt. Hierbei orientierten sie sich an den Stadttoren. Auch Roland war der Meinung, dass diese örtliche Wahl vorzüglich geeignet war, eine Art sicheren Ankerpunkt zwischen dem Hier und dem Dort zu schaffen. Sie baten Roland um Abstellung eines Gefolgsmanns zur Betrauung dieser besonderen Aufgabe. Es musste eine geschickte Person sein, die sich wie ein Schatten in der Welt außerhalb der Kuppel bewegen konnte. Sie musste in der Lage sein, sich wehren zu können, wenn sie angegriffen wurde. Es durfte unter gar keinen Umständen dazu kommen, dass diese Person außerhalb der Kuppel zu Tode kam. Sie musste absolut vertrauenswürdig sein und sie musste psychisch so stabil sein, dass sie mit dem Fortschreiten der Zeit außerhalb der Kuppel umgehen konnte. Die Welt draußen würde sich verändern und diese Veränderung war nicht vorhersehbar. Alles war möglich. Und diese Tatsache führte zum letzten Kriterium in der Personenwahl: Der Extrakteur musste zu hundert Prozent Roland und der konservierten Zeit gegenüber integer sein. Oberste Priorität hatten der Erhalt und der Schutz des Zeitreiches.

Roland musste nicht lange darüber nachdenken und wählte seinen vermeintlich treuesten Mann, geschicktesten Krieger und neben Siegfried seinen loyalsten Gefolgsmann: Adrian.

Und er gab seinem Reich, in dem er der alleinige Herrscher über die Zeit war, einen Namen:

NEW LENDT.

ADRIAN

Die Methode des Extrahierens zu erlernen war knifflig gewesen. Das Hauptproblem hatte darin bestanden, den richtigen Punkt zum Anzapfen des Seelenkörpers zu finden. War nur allein der Winkel um einen halben Grad abweichend, in dem der Extraktor angesetzt wurde, konnten große Schäden am Seelenkörper die Folge sein. Zum einen erhielt man für NEW LENDT funktionslose Bruchstücke und zum anderen wurde der im Körper verbliebene Seelenteil so stark beschädigt, dass die Person als ein Krüppel zurückblieb. Adrian hatte schon bei den Experimenten der Alchemisten beobachtet, wie bei den Versuchspersonen die Graustufen der vielen verschiedenen, sonst möglichen Gefühlsregungen verschwunden waren, es gab nur noch Schwarz oder Weiß, wilder Zorn oder lähmende Trauer, unbändige Freude oder tiefste Depression. Dieser Zustand hatte meist zur gesellschaftlichen Ausgrenzung geführt. Oft war es Adrians Aufgabe gewesen, diese Menschen aus der Stadt und in ihre Heimatdörfer zurückzubringen, und nicht nur einmal hatte er erfahren, dass sie ihrem Leben ein Ende gesetzt hatten.

Ging alles gut, konnte man nur, wenn man ganz genau hinsah, an der extrahierten Person beobachten, dass die Seele ihrer emotionalen Spitzen beraubt worden war und die emotionalen Höhen und Tiefen fehlten. Aber wer machte sich allen Ernstes die Mühe und sah wirklich ganz genau hin?

Adrian hatte einen großen Respekt vor der Aufgabe gehabt, die ihm anvertraut worden war. Er hatte es erschreckend gefunden, was er durch Unachtsamkeit den Versuchspersonen antat und er war wild entschlossen gewesen, den Schaden so gering wie möglich zu halten. Diese Übungseinheiten hatte er in bedingungsloser Ernsthaftigkeit und Konzentration absolviert. Er war stolz darauf gewesen und war es auch heute noch, dass er sich innerhalb kürzester Zeit zu einem geschickten Extrakteur gemausert hatte. Nach nur wenigen Fehlversuchen hatte er den Dreh rausgehabt. Er hatte fühlen können, wann das Entnahmegerät richtig angebracht war und er den Knopf drücken musste, um den Vorgang zu starten. Als er sicher im Umgang mit dem Gerät gewesen war, war von Eichenthurm zu ihm gekommen.

»Gut gemacht Adrian. Ich wusste, warum ich dich gewählt habe. Siegfried hatte recht, damals, als er dich auf meine Burg brachte. Weißt du noch, was er sagte?«

Adrian hatte fragend eine Augenbraue gehoben. Er war sich nicht sicher gewesen, worauf von Eichenthurm hinausgewollte.

»*Dieser Junge hat ein Talent, eine Veranlagung zu etwas Größerem, als nur ein einfacher Bauernsohn zu sein.* Das hat er damals gesagt. Erinnerst du dich?«

Adrian hatte genickt und sein Magen hatte sich zusammengekrampft. Nur zu gut hatte er sich auch an die Umstände erinnert, die zu seiner Gefangennahme geführt hatten. Als ihm von Eichenthurm auch noch freundschaftlich die Hände auf die Oberarme gelegt hatte, hätte er fast zugeschlagen. Es kostete ihn große Anstrengung, diesen Impuls zu unterdrücken.

»Dies ist ein bedeutender Moment, Adrian. Wir zwei werden nun beginnen, mein neues Reich zu erschaffen. Komm. Ich möchte, dass du mit Gretha, deiner Mutter, beginnst. Dann wirst du mit dem übrigen Gesinde fortfahren. Es ist an der Zeit, dass wir NEW LENDT zum Leben erwecken.«

Adrian war es eiskalt den Rücken heruntergelaufen. Er hatte Angst gehabt, dass er seine Mutter verletzen würde. Es hatte ihn all seine Kraft gekostet, sein Zittern zu unterdrücken, als er die Extraktion durchführte. Glücklicherweise war alles gut gegangen.

Anfangs hatte er nur schlafende Personen gewählt, um in Ruhe arbeiten zu können. Aber bald schon hatte er sich auch an wache Personen herangetraut. Er hatte einen Betrunkenen gestützt, hatte einer älteren Frau über die Straße geholfen und hatte sich um ein gestürztes Kind gekümmert. Aber stets hatte er für das Herausziehen des Seelenfluids die Dämmerung oder die Dunkelheit genutzt.

Im Zwielicht verwischten Farben und Formen. Das spielte ihm in die Karten. Es war schon erstaunlich, was die Menschen alles verdrängen oder nicht wahrnehmen konnten. Sie leben gefangen in ihrer eigenen Gedankenwelt. Ihre Augen für das wahrhaftige Geschehen um sie herum bleiben blind. Sie machen es mir leicht.

Wachsame Krieger, wie er einer war, als er von den Bewohnern NEW LENDTs auserkoren worden war, traf er im Wandel der Zeiten immer seltener an. Früher hatte es in jeder Menschenansammlung mindestens einen gegeben, der sehr aufmerksam und von feinem Instinkt gewesen war. Der mitbekommen hatte, wenn Gefahr drohte oder etwas im Begriff war zu passieren. Dies waren für Adrian und seinen Auftrag sehr gefährliche Personen gewesen. Blitzschnell hatten sie agiert und eingegriffen, Adrian sogar nach dem Leben getrachtet. Vor diesen Kriegern musste Adrian sich besonders in Acht nehmen. Er hatte ihnen den Namen *Streitbare Hüter* gegeben. Er hatte einen Eid abgelegt, dass niemals die Existenz oder die Übergangswege zwischen dem Jetzt und NEW LENDT bekannt werden durften. Er hatte sich dieser Aufgabe mit Leib und Leben verpflichtet, besiegelt mit dem Druckmittel und Pfand, das Roland von Eichenthurm bereits von Anfang an gegen ihn eingesetzt hatte: das Leben seiner Mutter.

LIV

Liv hatte es sich zur Gewohnheit gemacht, jede freie Minute am Märchenbrunnen zu verbringen. Sie war sich sicher, dass er irgendwann genau hier wieder auftauchen musste.

Die Tage vergingen und begannen kürzer zu werden, ohne dass er sich zeigte. Der Herbst nahte mit großen Schritten und sandte erste verregnete und stürmische Vorboten voraus, sodass Liv immer weniger Zeit am Brunnen verbrachte.

Eines Nachmittags stand sie am Alex und wartete auf ihre Straßenbahn, als sie ihn sah. Er überquerte federnden Schrittes den Platz, den Kopf aufgrund des Windes und Nieselregens gesenkt haltend.

Jetzt oder nie, schoss es ihr durch den Kopf. Sie nahm die Verfolgung auf, sehr darauf bedacht, von ihm unentdeckt zu bleiben.

Er ging zügigen Schrittes in Richtung Spandauer Straße, um dann der Rathausstraße bis auf die Spreeinsel zu folgen. Hier bog er in die Breite Straße ab, passierte die Zentral- und Landesbibliothek und bog in die Scharenstraße ein. Am Spreeufer angelangt, ging er flussaufwärts die Friedrichsgracht entlang, bis er die kleine Gertraudenstraße erreichte. Liv schob sich gerade noch rechtzeitig in einen Hauseingang. Vorsichtig beobachtete sie, wie er sich bei Erreichen der alten Gertraudenbrücke sichtlich bemühte, unauffällig zu wirken. Er schaute sich nach allen Seiten um, um dann seitlich des Brückenpfostens hinunter zum Wasser zu gehen. Liv beeilte sich, hinterherzukommen. Ein Gebüsch verwehrte ihr den Blick. Behutsam schlich sie die Stufen hinunter und schielte durch die Blätter. Da stand er direkt vor der Mauer des Brückenkopfes, ihr etwas abgewandt. Sie musste sich flink ducken, als er seinen Blick in ihre Richtung zur Treppe und dann zur stark befahrenen Brücke in seinem Rücken schweifen ließ. Als Liv sich traute, wieder um die Ecke zu schauen, sah sie, wie er an seinem Leinenhemd hantierte. Er beförderte einen Gegenstand aus seinem Hemdkragen, der an einem Band um seinen Hals hing. Diesen schien er nun an das Gestein der Mauer zu halten.

War das ein kleiner Lichtblitz gewesen?

Liv war sich nicht sicher, aber irgendetwas tat sich da an der Mauer. Ein feines Glitzern war an der Wand zu erahnen. Es wirkte wie eine Art grobmaschiges Fischernetz und jetzt veränderte sich die Mauer selbst. Und dann trat dieser Kerl einfach durch die Mauer hindurch! Sie konnte es nicht fassen. Sie musste unbedingt näher heran.

Ihr Erstaunen war groß, als sie direkt vor einer uralt aussehenden Holztür stand, die in die Mauer eingelassen war. Und diese war gerade im Begriff zuzufallen!

Geistesgegenwärtig machte sie einen Satz nach vorne, ergriff das Türblatt und hinderte die massive Eichentür daran, ins Schloss zu fallen. Kurz hielt sie inne, darauf gefasst, dass der junge Mann ihr entgegenstürmen würde. Doch nichts dergleichen geschah. Sie öffnete die Tür einen Spalt und schlüpfte hindurch. Hinter ihr fiel sie ins Schloss. Eine flackernde Dämmrigkeit umfing Liv. Sie nahm eine unerwartet trockene Wärme wahr, roch altes Mauerwerk. Sie vergewisserte sich mit einem Blick auf die Tür, dass sie nicht in der Falle saß, und bemerkte, dass die Tür eine Tür geblieben war und sich nicht in Mauerwerk verwandelt hatte. Sie betätigte testweise den schweren Metallgriff und stellte erleichtert fest, dass die Tür unverschlossen war. Das innere Türblatt schmückte eine aufwendige Schnitzerei einer Eiche mit perfekter runder Krone und einem mächtigen Stamm. Liv vermutete, dass eine Eiche hier Modell gestanden hatte, denn die Tür selbst schien aus Eichenholz zu sein. Diese Tür musste jahrhundertealt sein. Eine so massive und detailverliebte Handwerkskunst fand man heutzutage nicht mehr.

Sie drehte sich um und wandte sich dem spärlich mit Fackeln erleuchteten Gang zu. Vorsichtig folgte sie ihm. Sowohl der Fußboden als auch die Wände, die Liv bogenförmig umgaben, waren aus altem Backstein gemauert. Nach mehreren Biegungen öffnete sich der Gang schließlich in einen heller erleuchteten großen Raum mit kuppelförmig gemauerter Decke. Vorsichtig spähte sie aus dem sie schützenden Halbdunkel in den Raum.

Er stand mit dem Rücken zu ihr vor einer Art technischen Apparatur aus flüssigkeitsgefüllten Glasgefäßen und Röhren. Zwischen den Röhren und Gefäßen hing ein mehr als kopfgroßer Kupferdrahtkäfig und umgab einen goldenen Stein. Sie konnte sehen, wie er den länglichen, metallenen Gegenstand aus seiner Umhängetasche holte. Sie hörte ein leises Klickgeräusch. Ein silbriger Dunst floss zischelnd aus dem Gerät in das Gitterwerk aus Draht mit dem großen goldgelben Stein darin. Dann lief ein Strom ätherisch anmutenden silbrigen Nebels aus dem Gitterkäfig in Richtung Gewölbedecke und verschwand darin.

Fasziniert sah sich weiter in dem Raum um. An der ihr gegenüberliegenden Wand war ein stattlicher Wandteppich angebracht. Sie musste sich ein bisschen nach vorne lehnen, um ihn genauer inspizieren zu können. Im Zentrum konnte sie ein Wappen erkennen, einen weißen Baum auf schwarzem Grund. Den Baum erkannte sie als denselben, der in die Eichentür geschnitzt worden war.

In goldenen Buchstaben stand über dem Baumwappen:

NEW LENDT
~ Bî an daz END vuN WELT ~

In die Buchstaben der Worte **END,** vu**N WELT** und **NEW LENDT** waren zusätzlich rote Fäden eingearbeitet und Liv verstand, dass es sich um ein Anagramm handelte.

NEW LENDT
Bi an daz END vun WELT

ADRIAN
BERLIN IM JAHRE 1630

Adrian war nach der Rückkehr nach NEW LENDT nicht mehr der, der er vorher gewesen war. In seinem Inneren hatte sich eine stete Unruhe breitgemacht und die Sehnsucht nach Brida trieb ihn schier in die Verzweiflung. Er konnte sich nicht erinnern, jemals so rastlos gewesen zu sein, und wenn er an sie dachte, durchströmte ihn ein Kribbeln und ein Gefühl der Wärme. Er musste zu ihr.

Doch Roland von Eichenthurm machte ihm einen gehörigen Strich durch die Rechnung. Von Eichenthurm hatte keinerlei Verständnis dafür gezeigt, dass Adrian nur knapp dem Tod entgangen war. »Du scheinst unachtsam und träge geworden zu sein «, war von Eichenthurms hartherzige Reaktion. Missbilligend hatte er Adrians

Bartwuchs und die verheilte, sternförmige Narbe auf Adrians Stirn beäugt. Dies waren eindeutige Zeichen, dass Adrian über einen längeren Zeitraum dem Zeitverlauf der Außenwelt und den dort drohenden Gefahren ausgesetzt gewesen war. Für von Eichenthurm blieb die Zeit konstant, aber wenn sich Löcher im ätherischen Netz der Kuppel entwickelten, so wusste Adrian, war Roland von Eichenthurm sofort mit seiner größten Angst, der Vergänglichkeit, konfrontiert. Dann wurde er unberechenbar. Und jetzt trug er Brandmale am Körper, Narben, die eine unmissverständliche Sprache sprachen. Adrian konnte sich gut vorstellen, dass von Eichenthurm panisch war. Eigentlich sollte sich von Eichenthurm glücklich schätzen, dass er überhaupt zurückgekommen war, dachte Adrian mürrisch.

Die Reaktion seines Herrn ließ nicht auf sich warten: »Ich werde Siegfried anweisen, das Training mit dir fortzusetzen. Er wird mir regelmäßig Bericht erstatten.« Adrian verwunderte es nicht, dass von Eichenthurm auch sein altes Druckmittel, Adrians Mutter, wieder auf den Plan rief. Er schränkte Grethas Freiheit massiv ein, indem er Wachen vor ihrem Haus aufstellte. Er ging dieses Mal sogar noch weiter: Er drohte Adrian sogar ganz offen damit, Gretha der Kuppel zu verweisen. Dies war das Schlimmste, das einem Kuppelbewohner zugefügt werden konnte. Adrian war fassungslos. Die Kuppel dauerhaft verlassen zu müssen, hätte für Gretha nicht nur bedeutet, dass sie sich in einer sich zwischenzeitlich stark veränderten Außenwelt hätte zurechtfinden müssen, sondern auch, dass sie über kurz oder lang der sichere Tod ereilen würde. Alle innerhalb der Kuppel Lebenden waren sich der Tatsache gewahr, dass sie außerhalb der Kuppel nicht dauerhaft überleben würden. Dafür hatte Roland von Eichenthurm eindrucksvoll und mehrfach gesorgt. Adrian erinnerte sich gut an die Male, als von Eichenthurm Personen aus der Kuppel verbannt hatte. Er zelebrierte diesen Vorgang richtiggehend. Er weidete sich an der Angst und dem Schrecken, den dieser Akt unter den Kuppelbewohnern auslöste. Angst und Schrecken waren das Fundament, auf dem von Eichenthurm sein kleines Reich gründete. Das wusste Adrian nur zu gut.

Der Vorgang ging so vonstatten, dass die Person gefesselt wurde. Dann wurde sie auf dem Marktplatz vor allen zur Schau gestellt und am Pranger öffentlich gedemütigt. Anschließend wurden ihr die Augen verbunden und sie wurde ins Untergeschoss des Rathauses gebracht. Hier übernahm Adrian, sorgsam darauf bedacht, dass niemand einen Blick auf den Weg in das Gewölbe des Apparates erhaschen konnte. Der Zugang war nur von Eichenthurm, Siegfried und Adrian bekannt.

Nach der Empfangnahme geleitete Adrian die Person, deren Augen weiterhin blickdicht verbunden waren, durch einen der Gänge, die vom Backsteingewölbe des Apparats in verschiedene Himmelsrichtungen abgingen. Am Ende eines jeden Ganges befand sich eine schwere

Eichentür. Auf Kopfhöhe war eine kleine Klappe in das Türblatt eingelassen. Durch diese konnte Adrian hinausspähen, um herauszufinden, ob es außerhalb der Kuppel gerade Tag oder Nacht war oder ob sich Personen vor dem Übergang aufhielten.

Für den Übertritt nach draußen wählte Adrian die tieffinstere Nacht. Er führte den Ausgestoßenen mit weiterhin verbundenen Augen und gefesselten Händen durch die schwere Eichentür aus der schützenden Kuppel hinaus, drehte ihn im Kreis, führte ihn in verschiedene Himmelsrichtungen und wenn dieser vollends die Orientierung verloren hatte, schlug er ihn bewusstlos, nahm ihm die Augenbinde und die Fesseln ab und kehrte zurück ins Kuppelinnere. Später dann, wenn der Ausgestoßene erwachte, hatte dieser nicht den leisesten Schimmer, wo sich die Zeitkuppel tatsächlich befand. Sie war nun vor seinen Augen für immer verborgen. Würde er seine Geschichte erzählen, würde man ihn für verrückt halten.

Dieses Prozedere war ein jedes Mal schrecklich für Adrian. Schließlich waren viele dieser Verstoßenen Wegbegleiter und ihm freund gewesen. Dass von Eichenthurm offen damit drohte, seine Mutter zu verbannen, setzte Adrian sehr zu. Zusätzlich übte nun auch Siegfried Druck auf Adrian aus, wollte dieser Gretha doch um keinen Preis der Welt verlieren. Adrian wünschte sich so sehr, dass Gretha ein unbekümmertes und glückliches Leben führen konnte. Genau dafür war er den Pakt mit

Roland von Eichenthurm eingegangen und daran hatte sich nichts geändert.

Nichtsdestotrotz, er musste Brida wiedersehen und fasste einen Plan. Durch sein ungewollt langes Fortbleiben wusste er, dass die Kuppel einige Zeit auch ohne frisches Seelenextrakt erhalten blieb. Und wie war das damals gewesen, als die Alchemisten ihre Experimente machten, die Kuppel stabil zu halten? Wenn ein außerhalb der Kuppel Angezapfter den Tod fand, erlosch sein Extrakt im Apparat und Adrian wurde hinausgeschickt, um Nachschub zu holen. Durch diesen Vorgang hatte sich für Adrian mit der Zeit eine gewisse Regelmäßigkeit eingependelt, in welchen Abständen er hinausging und Extrakt sammelte. Zu so einem langen Ausfall an Nachschub, wie durch seine Krankheit in der Obhut von Brida verursacht, war es seit Abschluss der Experimentierphase noch nie gekommen. Könnte er für sich Zeit in der Außenwelt gewinnen, wenn er den Apparat überfütterte? Von Eichenthurm würde zufrieden sein, solange alles reibungslos lief. Da war er sich sicher.

Adrian fasste einen Entschluss:

Die Aussicht darauf, Brida wiederzusehen, war auf jeden Fall den Versuch und das Risiko wert!

Die nächsten Tage verbrachte Adrian viel Zeit außerhalb der Kuppel, sorgsam darauf bedacht, nicht wieder in den Fokus von *streitbaren Hütern* zu gelangen. Die Gefahr, beim Durchtreten der Stadttore erneut entdeckt zu werden, war ihm zu groß.

Um dieser Gefahr zu entgehen, schlich er nun nach seinem Durchtritt an der Außenseite der Stadtmauer in Richtung Spree. Kurz vor Erreichen des Ufers konnte er einige lose Backsteine in der Mauer aufspüren. Er entfernte sie sorgsam, sodass er die entstandenen Lücken als Steighilfe nutzen konnte. Vorsichtig kletterte er hinauf. Die Stelle war perfekt. Vor ihm lag das Ende einer Sackgasse in vollkommener Dunkelheit. Nur wenn es eine Vollmondnacht wäre und der Himmel wolkenlos, würde die Gefahr bestehen, entdeckt zu werden.

Um die Chance zu erhöhen, eine große Anzahl junger Menschen anzuzapfen, wählte er gerne den Seitentrakt des Heiliggeistspitals, in dem Waisen beherbergt wurden. Adrian achtete akribisch darauf, nur gesund und kräftig aussehende Kinder zu wählen. So tief saß noch der Schrecken über seine Erkrankung, die er sich hier im Spital zugezogen hatte. Den Gebäudetrakt mit dem schwer Erkrankten mied er geflissentlich.

Seine Ausflüge verliefen ohne Komplikationen und der Tag kam, als er sich sicher war, dass er die Kuppel ausreichend mit stabilem Extrakt gefüttert hatte, um sich für zehn bis vielleicht sogar vierzehn Tage in der Außenwelt bewegen zu können.

Bei seinen Beutezügen hatte er sich ein Bündel mit Nahrung zusammengestohlen und es hinter einem Strauch an der äußeren Stadtmauer versteckt. Dieses nahm er nun an sich und machte sich in der Finsternis auf. Er wollte die Stadt weiträumig umlaufen, um nördlich von Berlin wieder an das Spreeufer zu gelangen. Diesem folgte er bis zum Morgengrauen, bis er an einen Steinhaufen kam. Hier musste die Stelle gewesen sein, an der sich ihrer beider Weg getrennt hatten. Adrian erinnerte sich, dass Brida flussabwärts gehen wollte. Auf sein Drängen hin hatte sie versprochen, dass sie ihm ein Zeichen hinterlassen würde.

Akribisch beäugte er jeden größeren Stein am Ufer. Er hielt Ausschau nach einer eingeritzten oder draufgemalten Rune, ebendieser Rune, die Brida auf ihrem steinernen Amulett um den Hals trug.

Gefühlt suchte er Stunden. Als er schon daran war, enttäuscht aufzugeben, sah er das Zeichen. Sein Herz machte einen Hüpfer. Er hatte Glück gehabt. Brida hatte einen Stein bemalt, doch es war nur noch ein Teil der Rune vorhanden. Er vermutete, dass die Spree über die Ufer getreten war oder Regen den Stein abgewaschen hatte. Nun begann die eigentliche Suche. Brida hatte mit der Rune nur die grobe Gegend markiert, in der sie verweilen wollte. Er wusste nicht, wie weit entfernt vom Ufer sie Unterschlupf gefunden hatte. Vielleicht hatte sie auch erneut fliehen müssen. Für diesen Fall, so war er sich sicher, hatte sie bestimmt einen neuen Hinweis für ihn hinterlassen, wo er sie aufspüren konnte.

Er machte sich mit dem Fluss im Rücken durch das Unterholz auf den Weg. Da er niemanden auf Brida aufmerksam machen wollte, war er bemüht, sich möglichst unsichtbar und lautlos vorwärtszubewegen. Er war etwas aus der Übung, stellte er fest. Anschleichen in natürlich bewachsenem Gelände und im Wald hatte er zuletzt vor etwa zweihundert Jahren geübt, als Siegfried ihn auf der Burg Eichenthurm exerziert hatte. Er verdrängte den Gedanken. Immer, wenn er sich vor Augen führte, wie viel Zeit außerhalb der Kuppel verstrichen war, wurde ihm schwindelig.

Adrian hielt inne. Er war auf eine kleine moosbewachsene Lichtung getreten. In ihrer Mitte lag ein umgestürzter Baum. Pilzbewuchs auf dem toten Holz sprach dafür, dass er schon eine geraume Zeit hier lag. Er schaute sich um. Mit äußerster Sorgfalt musterte er den dichten Pflanzenbewuchs um die Lichtung herum. An mehreren Stellen konnte er kleinere und größere Durchgänge erspähen, von denen feine, in den moosigen Untergrund getrampelte Pfade ausgingen. Es waren die Wildwechsel der Tiere dieses Waldes.

Dort! Er inspizierte den Boden genauer.

Ja, da waren menschliche Fußspuren! Spuren kleiner, schmaler, zarter Füße. Die Fußabdrücke einer Frau oder eines Kindes.

Moment, er stutzte. Er konnte klar den Abdruck eines linken Fußes ausmachen, aber anstelle des rechten Abdruckes war da eine astdicke, runde Vertiefung. Adrian runzelte die Stirn. Er hatte Brida leichtfüßig und voller Schwung in Erinnerung. Diese Spuren beschrieben ein langsames, schleppendes Gangbild. Was war Brida, wenn es denn Brida war, zugestoßen?

Die Spuren führten auf die Lichtung zu dem Baum. Adrian folgte ihnen. Am Baum hatte jemand einige der Pilze abgepflückt. Es wirkte noch frisch. Es musste erst vor wenigen Tagen gewesen sein.

Adrian nahm die Fährte wieder auf. Die Spuren führten zum Dickicht. Hier hatte jemand, er war sich sicher, dass dies kein Tier verursacht haben konnte, dickere Äste eines Weißdorns eingekürzt. Es war eindeutig eine Schnittkante zu sehen.

Von hier aus war es für Adrian ein Leichtes, ihnen zu folgen. Je weiter er vorankam, desto deutlicher sah er, dass der Weg über einen längeren Zeitraum regelmäßig genutzt worden war. Es hatte sich ein kleiner Pfad gebildet.

Dann sah er es: Aus Ästen und schmalen Baumstämmen hatte jemand einen Unterschlupf gebaut. Zu einer anderen Jahreszeit hätte man ihn mit all dem Grün drumherum nicht so einfach entdecken können. Doch der fortgeschrittene Herbst hatte die Bäume bereits entlaubt und so stach das mit Nadelholzzweigen gedeckte Dach aus den umliegenden Brauntönen des Waldes hervor.

Er schlich näher heran und lauschte. Eindeutig, in dem Unterschlupf bewegte sich jemand. Er hörte ein Husten gefolgt von mühsam klingenden Atemzügen.

Adrian schlich an die kurze Seite der Behausung und

spähte durch die unachtsam mit Ästen verschlossene Öffnung.

»Brida«, entfuhr es ihm.

Schnell räumte er das Astwerk zur Seite und betrat den Unterschlupf. Dunkel war es hier drinnen. Geschickt wich er einem verbeulten Metallkessel aus, der auf einer kleinen Feuerstelle gleich hinter dem Eingang stand. Die Feuerstelle war kalt und auch sonst herrschte hier Kälte und Feuchtigkeit. Ein unangenehmer Geruch füllte den Raum, der Adrian zum Würgen brachte.

Seine Augen gewöhnten sich an das dämmrige Licht und er sah Brida, die unter einem Bündel stinkender Lumpen lag.

»Brida, um Himmels willen, was ist dir wiederfahren?«

Adrian ging näher heran. Ein schmutziger Kopf hob sich aus dem Bündel.

»Adrian? Bist du es wahrhaftig?«

»Ja, Liebste. Ich bin hier.«

Seine Hände suchten in den Lumpen nach den ihren, fanden sie und hielten sie fest. Nie wieder würde er sie verlassen. Wie sehr hatte er sie vermisst.

»Adrian.« Bridas Worte waren schwach, fast nur ein Hauchen. Ein Hustenanfall folgte, der ihren Körper erbeben ließ.

»Adrian, du Lichtgestalt, bist du gekommen, um mich zu geleiten?«

»Ich verstehe nicht«, antwortete Adrian irritiert.

»Ich bin um deinetwillen, unseretwillen gekommen. Ich liebe dich, Brida. Ich liebe dich von Herzen und niemand wird uns mehr trennen! Ich hätte dich nicht zurücklassen dürfen.«

»Adrian. Mein Stern. Ich bin so froh, dich zu sehen. So unendlich froh, dass ich auf meinem letzten Wege nicht allein bin.«

»Wie meinst du das? Welcher letzte Weg?« Doch eigentlich wusste er es schon. Hatte es schon gewusst, als er draußen das schwere Husten und das klägliche Röcheln vernommen hatte. Sein Herz aber weigerte sich, dies zu akzeptieren.

»Es ist viel zu kalt hier. Warte, ich mache Feuer.« Adrian fand neben der Türöffnung einen Haufen trockene Äste und trockenes Gras, raffte sie in der Feuerstelle zusammen und entzündete sie. Feuer hatte er ebenso lange nicht mehr selbst gemacht, wie die Pirschübungen im Wald her waren. Doch dies war nicht der richtige Ort und die richtige Zeit, sich darüber Gedanken zu machen.

Das Feuer erhellte den Unterschlupf und langsam breitete sich Wärme aus und vertrieb einen Teil der schwer lastenden Feuchtigkeit.

Mühsam hatte sich Brida auf ihrem Lager in eine sitzende Position gebracht. Sich aufrecht zu halten, strengte sie so sehr an, dass Adrian sie sorgsam und vorsichtig wieder auf ihr Lager bettete.

»Was ist passiert?«, fragte er leise.

Mühevoll schob Brida die als Decke dienenden Lumpen beiseite und entblößte ihren Unterschenkel.

Adrian verschlug es den Atem. Ein unerträglicher Gestank schlug ihm entgegen. Brida hatte ihren Unterschenkel mit Stoffstreifen eingewickelt. Pflanzenteile schauten hier und dort heraus.

»Ich bin im Bachbett vor einigen Tagen auf einem glitschigen Stein ausgerutscht und mit meinem Bein zwischen zwei Steine geraten. Während meines Sturzes war mein Bein fest verkeilt und ich habe es nicht nur gefühlt, wie mein Bein kaputtging, sondern auch gehört. Das war grauenvoll.«

Adrian verzog das Gesicht. Bildlich konnte er sich das Geschehen vorstellen. Er wusste genau, was solch eine Verletzung bedeutete. Selbst in der Stadt waren offene Frakturen gefürchtet. Er kannte die Patienten im Heiliggeistspital, deren Gliedmaßen nach einer solchen Verletzung schwarz geworden waren, und wie unter barbarischen Umständen Teile der Beine abgenommen wurden. Die Personen überlebten weder die schwarzen, stinkenden Beinwunden noch die Amputationen. Es war immer nur eine Frage von Tagen.

Schweiß lief Brida über das Gesicht. Hinzu mischten sich ihre Tränen. Adrian strich ihr zärtlich darüber.

»Du glühst ja!« Erschrocken betastete er ihre Stirn. Seine Gedanken rasten. Wie konnte er ihr helfen?

»Du musst mit mir kommen. In NEW LENDT kannst du nicht krank sein. Dort wird alles gut werden.«

»Adrian, das wird nicht funktionieren«, wehrte sie seine Pläne ab. »Sieh, du warst gesund und stark, als die Zeitkuppel erschaffen wurde. Du kannst in diesen geschützten Raum zurückkehren und gesunden, wenn dir etwas zugestoßen ist. Ich aber bin so gut wie tot. Wie soll ich dort heil werden? Ich werde unendlich lange Schmerzen leiden müssen. Verstehst du das denn nicht?« Brida blieb trotz der starken Schmerzen sitzen. »Und du vergisst Roland von Eichenthurm. Du hast mir so viel Grausames über diesen Mann erzählt. Er wird es nicht dulden, eine Aussätzige in seinen Kreis aufzunehmen. Und das weißt du ganz genau. Wir haben doch schon darüber geredet.«

Adrian rannen Tränen über die Wangen.

»Liebster. Mein größter Wunsch ist in Erfüllung gegangen, dich noch einmal sehen zu dürfen. Ich bin unendlich glücklich.« Sie küsste seine Hand und strich ihm über das Gesicht. Er beugte sich nach vorne, bis sich ihre Stirnen berührten. Sie schlossen beide die Augen und verschmolzen im Moment, hoffend, dass er ewig dauern würde.

Adrian kochte Brida Tee und eilte zum Fluss, um frisches Wasser zu holen. Als er zurückkam, erwärmte er es über der Feuerstelle. Dann riss er Teile seines Hemdes in Streifen und reinigte, so gut er konnte, Bridas Beinwunde. Diese sah schlimmer aus als befürchtet. Ein ungesunder tiefroter Farbton mischte sich mit Schwarz und war bis zur Hüfte hinaufgekrochen. Wabenartige dunkelrote Linien zogen sich bis in die Haut des Unterbauches. Adrian war kein Heilkundiger, doch auch ihm war klar, dass der gesamte Körper von Brida befallen war. Auch wenn er es nicht wahrhaben wollte, es war aussichtslos.

Brida war wahnsinnig tapfer. Selten nur stöhnte sie unter den Schmerzen auf, aber Adrian konnte sehen, wie stark sie ihren Kiefer zusammenbiss, um den Schmerz zu bewältigen.

»Adrian?« Bridas Stimme war zunehmend schwächer geworden.

Er schaute sie fragend an.

»Wirst du mir beistehen und helfen?«

»Ich werde alles tun, was du von mir verlangst.«

Brida schloss kurz die Augen und schnaufte tief.

»Ich danke dir.«

»Was kann ich tun?«

»Dort in der Ecke neben der Feuerstelle findest du ein Päckchen, das ich aus Huflattichblättern gefaltet habe. Es enthält getrocknete Kräuter. Wie viel Wasser ist noch im Kessel?«

»Das Wasser steht noch eine halbe Hand hoch.«

»Das ist gut. Bitte gib den gesamten Inhalt des Päckchens hinein und lass es köcheln, bis nurmehr eine Handvoll Flüssigkeit übrig geblieben ist.«

»Was sind das für Kräuter?«

»Möchtest du es wirklich wissen?«

»Auch wenn ich mir denken kann, was du vorhast. Ja.«

»Es ist eine Mischung aus Tollkirsche und Bilsenkraut.«

Adrian schluckte schwer, doch tat wie geheißen.

Als das Gebräu fertig war, nahm er den Kessel von der Feuerstelle und ließ es erkalten. Dann setzte er sich zu Brida, die vor Erschöpfung eingeschlafen war. Er legte sich zu ihr. Er würde sie im Arm halten, bis sie erwachen würde.

Adrian kauerte im Schutz eines Baumes mit dem Rücken an dessen Stamm. Er fühlte kaum die abgebrochenen Äste, die ihm in den Rücken stachen und die Haut unter seinem Hemd zerkratzten. Er wiegte sich monoton nach vorne und nach hinten, betäubt vom Schmerz, der ihn zu zerreißen drohte. In seinen noch erdverkrusteten Händen drehte und wendete er einen flachen, grauen Stein. In dessen Oberfläche war ein *B* in Form einer Rune geritzt.

LIV

»Du?« Er klang erstaunt. Er hatte sich so flink umgedreht, dass Liv zusammengezuckt war.

Dann stand er plötzlich ganz dicht vor ihr.

»Bist du des Wahnsinns, mir hierher zu folgen?« Seine Augen schienen tief hinter den ihren nach Antworten zu suchen. Liv musste schlucken, jede Sehne in ihrem Körper war angespannt.

»Was willst du?«, fragte er. Er klang feindselig. »Oder nein, eine Frage zuvor: Was weißt du?«

Es entstand eine angespannte Pause. Liv horchte in sich hinein. Nein, Angst hatte sie keine vor ihm. Warum eigentlich nicht?

Dann sagte sie zögerlich: »Ich musste dir folgen. Du hast vor vielen Jahren etwas mit meinem Vater gemacht. Und ich möchte wissen, was das war.«

Mit dieser Antwort schien er nicht gerechnet zu haben. Eine Falte bildete sich zwischen seinen Augenbrauen und er legte den Kopf leicht schief. »Wie lange folgst du mir schon?«, seine Stimme war einen Hauch milder geworden, stellte Liv erleichtert fest.

»Nicht lange«, antwortete Liv vorsichtig. »Ich habe dich ein-, zweimal in der Stadt gesehen und dann ist mir eingefallen, dass ich dich vor Jahren im Schlafzimmer meiner Eltern bereits schon einmal gesehen habe. Warum alterst du nicht?«

Adrian trat einen Schritt zurück und musterte sie von oben bis unten. Dann blickte er sie wieder an.

»Das geht dich nichts an.«

Er ergriff ihren Arm und zog sie bestimmt mit sich in Richtung Eichentür. »Du musst gehen.«

An der Tür setzte sich Liv zur Wehr, verankerte sich mit all ihrer Kraft im Boden und stieß hervor: »Nein. Ich lasse mich ohne Antworten nicht so einfach vor die Tür setzen.« Sie versuchte, ihren Arm aus seinem eisernen Griff zu befreien, zwecklos.

»Bitte!«, flehte sie nun und Adrian hielt kurz inne. »Bitte sag mir, was hier los ist!«

»Das kann ich nicht.«

»Warum kannst du das nicht?«

»Das geht dich ebenfalls nichts an. Geh nun!«

»Nein, ohne Antworten wirst du mich nicht los. Ich werde es jedem erzählen und dann werden sie deine Tür bewachen und auf dich warten und dich fangen.«

Liv sah, wie seine Augen kalt und feindselig wurden. Ihr Arm schmerzte, als er sie unsanft vor sich zog.

»Das wirst du nicht!«

»Doch, das werde ich. Es sei denn, du erzählst mir, was hier gespielt wird.« Liv sah, wie es in Adrians Kopf arbeitete.

»Wer weiß von mir?«

»Niemand. Ich schwöre dir, dass ich weder mit meinen Eltern noch mit meiner besten Freundin über dich gesprochen habe.« Sie blickte ihm nun tief in die Augen und fügte leise hinzu: »Sie würden mir das sowieso nicht glauben.«

Adrians Griff lockerte sich und er ließ sie los.

»Bitte!« Nun trat Liv näher an ihn heran.

Geräusche waren zu hören. Jemand betrat den Raum mit dem Kuppelgewölbe.

»Adrian?«, erklang eine Männerstimme. »Wo steckst du? Deine Sachen liegen hier herum.«

Schritte bewegten sich in ihre Richtung.

Fragend sah Liv Adrian an. Er legte einen Finger auf ihren Mund und formte mit seinen Lippen: keinen Laut!

Dann schob er sie wieder in Richtung Tür.

»Du musst gehen«, drängte er flüsternd. »Morgen zur Mittagsstunde am Märchenbrunnen. Dann reden wir.«

Liv konnte noch kurz nicken und dann hatte er sie aus der Tür hinausbugsiert. Die schwere Tür fiel ins Schloss. Kleine Blitze züngelten auf und Liv stand vor einer massiven Wand aus Stein.

Sie hatte so gut wie gar nicht geschlafen. Zu viele Fragen spukten ihr im Kopf herum. Was war das für ein magischer Ort, an den sie ihm gefolgt war? Hatte sie sich alles nur eingebildet? Nein, er hatte sie berührt. Er war ein Wesen aus Fleisch und Blut. Zu viel Irritation und Bedenken waren in seinem Blick gewesen, als dass sie ihn für einen Geist hätte halten können. Er war eindeutig ein Mensch.

Unruhig war sie in der Wohnung auf und ab gelaufen, um sich schließlich viel früher als verabredet zum Märchenbrunnen zu begeben.

Würde er kommen?

Sie war sich nicht sicher. Aber sie hatte seine Verunsicherung gesehen, als sie ihm gedroht hatte, ihn auffliegen zu lassen. Nein, es war mehr als nur Verunsicherung gewesen. Er hatte echte Furcht empfunden.

Sie hörte leise Schritte auf dem feinen Kies hinter sich und drehte sich um.

»Du bist gekommen.« Sie spürte ein freudiges Kribbeln in der Magengegend.

»Ich stehe zu meinem Wort«, antwortete er schlicht. Ruhig und gelassen blickte er sie an.

»Wir sollten uns einander vorstellen, oder?«, fragte Liv verlegen. »Ich heiße Liv.«

Sie streckte ihm ihre rechte Hand entgegen. Zögerlich betrachtete er ihre Geste. Anstatt ihre Hand zu ergreifen und zu schütteln, deutete er eine Verbeugung an.

»Adrian.«

Wie edel und elegant, dachte Liv. Auf diese Art hatte sie noch niemand begrüßt. Um ihre Verlegenheit zu überspielen, sagte sie: »Wollen wir ein Stück zusammen gehen?«

Er nickte und sie gingen weiter in den Park hinein. Plötzlich blieb er stehen.

»Was weißt du?«, fragte er.

Liv blieb ebenfalls stehen und drehte sich zu ihm um.

»Ganz ehrlich? Nicht viel.«

»Das glaube ich dir nicht.«, sagte er ernst. »Wie lange folgst du mir schon?«

»Nun gut. Seit ein paar Wochen halte ich hier im Park Ausschau nach dir. Nachdem ich dich beim Alex beobachtet habe, konnte ich mich erinnern.«

Adrian nickte, als würde auch er sich erinnen. Also doch! Er hatte sie am Alex bemerkt. Liv musste unwillkürlich schlucken.

»Was bedeutet es, dass du dich erinnerst?«, fragte er.

Eine tiefe Falte hatte sich zwischen seinen Augenbrauen gebildet und er beäugte Liv misstrauisch.

»Nun ...«, stammelte Liv. Sie fühlte sich plötzlich unwohl. Am liebsten wäre sie jetzt einfach weggerannt. Adrian schien ihre Gedanken zu erahnen und hielt sie am Arm fest. Sein Griff war schmerzhaft und sein Blick stechend und kalt.

»Heraus damit«, zischte er.

»Du tust mir weh!« Liv versuchte sich aus seinem Griff zu befreien.

»Sprich wahrhaftig mit mir!«

»Ist ja gut, Mann! Ich erzähle es dir.«

Adrians Griff lockerte sich etwas.

»Sei mir nicht böse, aber es fällt mir dann doch etwas schwer, mit einem Wildfremden mal eben einfach so über meine tiefsten Ängste zu sprechen.«

Adrian schien überrascht zu sein. Er ließ Livs Arm los.

»Das ist eine längere Geschichte«, murmelte Liv. Auch wenn es ihr unangenehm war, wollte sie doch, dass er die Wahrheit erfuhr. Vielleicht würde er ihr dann vertrauen und sich ebenfalls öffnen und ihr von dieser geheimen Parallelwelt erzählen. Der Preis erschien ihr fair.

»Seit ich denken kann, habe ich immer wieder den gleichen Albtraum. Ich liege in einem Hotelbett, habe unsagbare Angst vor etwas und renne zum Schlafzimmer meiner Eltern. Vor deren geschlossener Tür endet der Traum immer wieder und ich erwache mit panischem Herzrasen und Schweißausbrüchen. Nachdem ich dich am Alex beobachtet habe, konnte ich erstmals meinen Traum zu Ende träumen. Und da kommst du ins Spiel. Genau du, so wie du jetzt vor mir stehst, hast damals etwas mit meinem Vater gemacht. Ich habe dich vor fünfzehn oder sechszehn Jahren schon einmal gesehen. Überleg mal! Das ist doch total irre! Fünfzehn Jahre! Und du siehst noch exakt so aus wie damals. Du bist nicht gealtert. Du trägst dieselbe Kleidung. Wer zum Teufel bist du? Was bist du?«

ADRIAN

Adrian durchstöberte seine Erinnerungen. Es war so schwer, diesen eine zeitliche Zuordnung zu geben. Was waren schon fünfzehn Jahre? Er war durch Jahrhunderte gewandert. Ja, manchmal gab es Daten, die sich eingeprägt hatten, aber sie waren stets mit einem markanten Wandel in der Außenwelt verbunden: einem Krieg, der Pest, einem Umbau und dem damit verbundenen Verschwinden eines Gebäudes oder einer Wand. Drei seiner Übergänge hatten dadurch ihre materielle Entsprechung verloren. Fluggeräte und Autos waren erschienen. Und, viel zu lange schon her, war da die Erinnerung an Brida. Er verspürte den bekannten Stich ins Herz. Er seufzte und kramte weiter in seinem Gedächtnis.

Doch! Jetzt erinnerte er sich an eine Extraktion, in der

ein kleines Mädchen den Raum betreten hatte, als er gerade den Extraktor in seiner Ledertasche verstaut hatte und sich durch das geöffnete Fenster fortstehlen wollte.

Er legte den Kopf ein bisschen schief, als er Liv nun genauer betrachtete.

»Erstaunlich. Ja, ich erinnere mich an dich«, sagte er.

Adrian sah, wie Livs Blick leicht flackerte. Errötete sie gerade? Liv schluckte hörbar und deutete verlegen an, weitergehen zu wollen.

Sie führten ihren Spaziergang durch den Park fort und verließen ihn durch den Eingang beim Kino.

»Hier wohne ich.« Liv deutete auf den kleinen Balkon im zweiten Stock. »Magst du mit hinaufkommen, etwas trinken? Meine Mitbewohnerin ist für ein paar Tage zu ihrer Familie gefahren.«

Adrian schüttelte den Kopf. »Nein. Ich möchte zurück in den Park.« Der Gedanke, eine Wohnung zu betreten, die vielleicht als Falle für ihn gedacht war, missbehagte ihn.

»Ja klar. Kein Problem«, sagte Liv und sie schlenderten zurück.

»So, jetzt bist du dran. Wer und was bist du, Adrian? Du bist schon ein Mensch, nicht wahr? Bist du unsterblich?«

Adrian schmunzelte.

»Natürlich bin ich ein Mensch und ich bin nicht unsterblich. Sagen wir es so: Für mich verläuft die Zeit etwas anders als für dich.«

»Wie das?«, fragte sie. »Bist du ein Zauberer?«

Adrian prustete los. Welch irrwitziger Gedanke! Aber er hatte sich auch noch nie mit den Augen eines Bewohners der Außenwelt betrachtet.

»Nein! Ich vermute stark, dass wir beide uns gar nicht so unähnlich sind. Wenn ich bedenke, wie findig und leise du dich anzuschleichen vermagst. Ich traf bisher nur selten auf *streitbare Hüterinnen*. Zumeist musste ich mich mit Mannsbildern messen.«

»Ich altere. Du nicht! Und was zum Kuckuck ist ein *Hüter*?«, fragte Liv.

»Ein *streitbarer Hüter*? Menschen mit besonderer Wachheit und Wachsamkeit habe ich diesen Namen gegeben. Menschen sind sehr unterschiedlich. Die meisten sind stumpf, plump und dumm. Nur ein ganz kleiner Teil vermag die Fähigkeiten eines *streitbaren Hüters* in sich zu tragen. Du scheinst eine Frau mit solchen Fähigkeiten zu sein.«

Er deutete eine Verbeugung an, um Liv seinen Respekt zu zollen. »Ich altere genau wie du. Glaub mir das. Da gibt es keine Magie.«

»Das glaube ich dir nicht. Du beherrschst die Zeit. Das muss Magie sein!«

»Ich beherrsche gar nichts und ich kann auch nicht zaubern.«

»Erklär es mir!«

»Es gibt Dinge, über die ich nicht reden darf.«

»Ich habe deine Welt betreten. Was ist das für ein Ort?

Und weich nicht wieder aus. Ich habe dir gesagt, dass ich dich auffliegen lassen kann, also sei ehrlich zu mir.«

Eine unangenehme Pause trat ein und sie schien ihre Worte zu bereuen. »Bitte«, fügte sie flehentlich hinzu. »Ich kann Geheimnisse wahren.«

»Nicht heute. Ich kenne dich nicht und ich weiß nicht, ob ich dir vertrauen kann.«

»Was kann ich tun, dass du mir vertraust?«

»Dafür wird Zeit vergehen müssen. Wir werden uns wiedersehen. Ich gehe nun.«

Adrian wandte sich schnellen Schrittes ab. Sie rief ihm noch »Wann sehen wir uns wieder?« hinterher, doch da war er schon um die nächste Wegbiegung.

Er hörte, wie sie ihm nachrannte, doch als sie die Ecke erreicht hatte, hatte er sich bereits im Blätterwerk einiger Büsche verborgen. Er beobachtete, wie sie suchend durch die Bäume streifte. Genugtuung machte sich in ihm breit. Übernatürlich oder sogar besser und geschickter als er war sie nicht. Er fasste den Entschluss, den Spieß für einige Zeit umzudrehen und ihr zu folgen. Das sollte einfach sein. Sie schien nur Kenntnis von dem einen Übergang zu haben und er wusste nun, wo sie wohnte.

Bereits am nächsten Tag setzte er seinen Plan in die Tat um. Es war noch vor Tagesanbruch, als er Stellung bezog. Wie gut, dass ihre Wohnung so nah am Park lag. So konnte er mit der Vegetation verschmelzen und abwarten. Es dauerte nicht lange und Licht flammte durch die Ritzen eines zugezogenen Vorhangs am Fenster des kleinen Balkons auf. Liv war erwacht. Auch in anderen Räumen wurde Licht gemacht und für einen kurzen Moment konnte er in einem der Fenster eine Kontur ausmachen.

Verschiedene Menschen verließen im Morgengrauen das Wohnhaus und schließlich erschien auch Liv. Zu seinem Leidwesen stieg sie auf ein Fahrrad. Ihr zu folgen war deshalb eine echte Herausforderung. Im Laufschritt, teils spurtend, folgte er ihr zunächst durch den Park, dann bis zum Alex und schließlich bis vor ein stattlich anmutendes Gebäude, bestehend aus einem Mittelteil und zwei großen Seitenflügeln mit bodentiefen Sprossenfenstern. Säulen im Mittelteil schienen das Dach mit seiner prunkvollen Balustrade und seinen Skulpturen kraftvoll zu tragen.

Adrian kannte das Gebäude. Es war ursprünglich einmal das Palais des Prinzen Heinrich von Preußen gewesen. Er hatte auf dem Gelände des Palais erfolgreich die eine oder andere Extraktion durchführen können, wenn die Herrschaften feierlich dem Essen frönten. Durch reichlich fließenden Wein benebelt waren die Vornehmen einfache Beute gewesen. Nun las er auf einem Schild: Humboldt Universität zu Berlin.

An diesem Ort des Lernens und Studierens folgte er ihr nicht weiter, sondern entschied sich, seiner eigentlichen Aufgabe in der Außenwelt nachzugehen und Seelenextrakt zu sammeln.

Einige Tage später folgte er ihr am späten Nachmittag. Liv hatte eine große Tasche geschultert. Sie ging nur wenige Straßen weiter und bog in einen Innenhof eines fabrik- ähnlichen Gebäudes ein. Als er dort hineinspähte, sah er gerade noch, wie sich der eine Flügel einer grauen Metall- tür schloss. Vorsichtig pirschte er heran und lugte durch ein verstaubtes Fenster rechts der Tür. Er sah Menschen verschiedenen Alters in weißer Kleidung mit Gürtel in ver- schiedenen Farben sah. Ein etwa sechzig Jahre alter Mann betrat durch eine Nebentür den Raum. Der Gürtel, der sei- nen Anzug hielt, war schwarz und schon leicht verschlissen. Schlagartig trat Ruhe ein und die Personen, zu denen auch Liv gehörte, reihten sich an einer Linie auf. Liv hatte einen blauen Gürtel umgebunden. Dann verbeugten sich alle, knieten ab und schienen sich in eine Art von meditativem Zustand zu begeben. Ihre Augen waren geschlossen. Hoch interessiert beobachtete Adrian noch eine ganze Weile das Geschehen in dem Raum. Offenbar handelte es sich hier um ein Kampftraining und er war beeindruckt, wie dieses in moderneren Zeiten ausgeübt wurde.

Ganz langsam formte sich in ihm ein Bild, wie er Liv, der es tatsächlich schon mehrfach gelungen war, ihn zu überraschen, einzuordnen hatte. Es sagte ihm zu, dass Kampfkunst in Kombination mit Disziplin und Res- pekt ein wichtiger Teil ihres Lebens zu sein schien. Als sie im Gang vor ihm gestanden hatte, hatte er auch keinen Argwohn oder irgendeine List in ihren Augen aufblitzen sehen. Sie schien aufrichtig zu sein.

Sollte er es wirklich wagen, ihr Einblicke in sein Leben und seine Welt zu geben?

Tief im Inneren musste er sich eingestehen, dass er sich danach sehnte, sie wiederzusehen, sie leibhaftig von Angesicht zu Angesicht zu treffen.

Sie sagte, er hätte etwas mit ihrem Vater gemacht. Etwas. Er wusste genau, was sie meinte. Er hatte ihrem Vater Seelenextrakt entnommen und in das ätherische Konstrukt der Zeitkuppel einfließen lassen. Er könnte dies als Pfand für ihre Verschwiegenheit nutzen, ihr versprechen, ihr Vater bekäme es wieder zurück. Das könnte funktionieren. Aber war dieser Vorgang tatsächlich technisch möglich? Er war sich da unsicher. Er würde lügen müssen. Das aber stand nicht zur Option. Sie würde es merken. Er war kein guter Lügner und ehrlich gesagt, wollte er auch keiner sein. Das widersprach zutiefst seinen Grundsätzen. Aber in NEW LENDT gab es niemanden, der in der Lage war, etwas an dem Apparat zu verändern.

Da kam ihm eine Idee. In NEW LENDT Berlin gab es tatsächlich niemanden. Aber Gurgotte hatte in Hamburg unter dem Vetter von Roland von Eichenthurm, Johannes IV., erfolgreich NEW LENDT II errichtet. Allerdings stammte die letzte Nachricht, die Adrian bei seinen Streifzügen außerhalb der Kuppel aus einem Geheimfach in einem Boot geborgen hatte, aus dem Jahre 1659. Das wiederum musste Liv nicht erfahren. Allein die Tatsache, dass der Erbauer in Hamburg vermutlich noch lebte,

genügte ihm. Hiervon würde er Liv überzeugen können,
dass sie nur Gurgotte in Hamburg aufspüren müssten,
um das Seelenextrakt ihres Vaters zurückzuerlangen und
im Gegenzug ihren Schwur zur Verschwiegenheit zu erhalten.

LIV

Liv war frustriert. Der Mistkerl hatte nicht Wort gehalten. Drei Wochen waren mittlerweile vergangen, ohne dass er sich gezeigt hatte. Sie hatte versucht, sich zu beruhigen, indem sie sich sagte, dass sie Geduld haben müsse, dass sie ihm glaube, dass sie ihn bestimmt wiedersehen würde. Vielleicht verlief die Zeit für ihn wirklich so anders, dass er nicht mitbekam, wie sie Tag für Tag wartete? Aber er hatte ihre allererste Verabredung – *unser erstes Date* – pünktlich eingehalten. Date? Sie spürte wieder dieses Kribbeln und musste sich eingestehen, dass sie sich mit jeder Faser ihres Körpers danach sehnte, ihn wiederzusehen. Sie wurde wütend. Sie würde sich nun jeden Tag an der versteckten Tür auf die Lauer legen und dann könnte er sich was anhören!

Ausgepowert und zufrieden verließ sie an einem Abend ihren Trainingsort, das Dojo, in dem sie mehrmals die Woche trainierte. Sie hatte ihre Tasche geschultert und war auf dem Heimweg. Sie nahm, wie sie es sonst auch immer tat, wenn sie zu Fuß nach Hause ging, die Abkürzung durch einen Hinterhof. Dass es bereits fast vollkommen dunkel geworden war, störte sie nicht. Sie fühlte sich so frisch aus dem Training immer beschwingt, ein bisschen wie unantastbar und vielleicht sogar unbesiegbar. Schnurstracks hielt sie auf die hintere Mauer zu. Hier war ein Stück eingestürzt und so konnte man problemlos in den dahinter liegenden Hinterhof klettern. Diese Abkürzung ersparte ihr fast fünf Minuten. Sie hätte sonst um den gesamten Häuserblock herumlaufen müssen.

Sie hatte den Durchbruch fast erreicht, als sich ein Schatten vor die Öffnung schob und ihr den Weg versperrte.

Ihre Nackenhaare stellten sich auf, als sie auch hinter sich ein Geräusch vernahm. Sie musste sich nicht umdrehen, um zu wissen, dass ihr der Fluchtweg abgeschnitten worden war. Livs Sinne waren bis zum Zerreißen gespannt. Instinktiv ging sie leicht in die Knie, griff in die Henkel ihrer Tasche, um sie zu stabilisieren, und ließ den Schulterriemen die Schulter hinabgleiten.

»Na, Kleine«, raunte der Schatten vor ihr. »Lass uns ein bisschen Spaß haben.«

Das Knirschen von Steinchen unter Schuhsohlen verriet ihr, dass die zweite Person von hinten näher kam.

Sie musste noch knapp drei Meter von ihr entfernt sein. Dann kam auch der Schatten auf sie zu. Er war gut eineinhalb Köpfe größer als Liv und doppelt so breit.

Komm nur!, dachte Liv.

Als er nah genug heran war, sie aber noch nicht greifen konnte, schleuderte sie ihm ihre Tasche entgegen, duckte sich weg, drehte sich und kickte in der Drehbewegung der zweiten Person die Beine weg. Der Widerstand, den die Beine ihr boten, war schwerer, als sie gedacht hatte. Es musste eine sehr massige Person sein. Aber dennoch schaffte sie es, dass diese stürzte. Sie drehte sich weiter, um den Schatten wieder ins Blickfeld zu bekommen. Dieser hatte die Sporttasche aufgefangen, warf sie nach ihr und stürzte auf sie zu. Sie konnte sich wegducken, ließ den Schatten an sich vorbeitaumeln und trat ihm kräftig von der Seite ins Knie. Er stöhnte auf, sackte auf die Knie und brüllte erbost: »Das wirst du mir büßen!«

Er versuchte aufzustehen, brach aber wieder auf die Knie. Liv musste die Seitenbänder ordentlich malträtiert haben.

Sie sprang zu ihrer Tasche, wollte diese packen und wegrennen, doch der zweite Typ hatte sich wieder berappelt und griff Liv von hinten in den Zopf, zerrte sie zurück und umklammerte sie. Da er größer war als sie, hob er sie vom Boden hoch. Ihre Arme waren fixiert. Sie versuchte, sich schlank zu machen und sich nach unten wegsacken zu lassen, doch es gelang ihr nicht. Dann versuchte sie, ihren Kopf nach hinten zu schlagen und den

Gegner auszuknocken, doch auch das gelang ihr nicht. Ihr gefror das Blut in den Adern.

Der Schatten schob sich in ihr Blickfeld. »Du kleines Miststück«, sagte er in einem herablassenden Ton und dann holte er aus und verpasste ihr einen Schlag ins Gesicht.

»Liv! Liv! Hörst du mich? Liv! Mach bitte die Augen auf. Bitte!«

Die Worte drangen in ihr Bewusstsein. Ihr Kopf schmerzte und vor ihren Augen tanzten Lichtblitze. Sie spürte eine warme Hand, die sanft über ihre Wange strich.

»Da bist du ja wieder.« Die Stimme klang erleichtert. »Kannst du dich aufrichten?«

Sie versuchte es und alles begann sich zu drehen. Jemand stützte sie. Erinnerungsfetzen kamen zurück.

»Was ist mit den Typen?«, ihre Stimme klang fremd in ihren Ohren. Hektisch versuchte sie, sich umzusehen. Der Schmerz flutete ihren Kopf.

»Ruhig. Du bist in Sicherheit. Sie sind weg.«

Langsam wurde ihr bewusst, wem diese Stimme gehörte.

»Adrian?«, fragte sie zögerlich.

»Ja«, sagte er und ihr Herz machte einen kleinen Hüpfer. Sie lehnte sich an ihn.

»Was ist passiert?«

»Ich war leider nicht schnell genug, um zu verhindern,

dass sie dich k.o. schlagen. Aber ich konnte weiteren Schaden von dir abwenden.«

»Hast du sie verprügelt?«, fragte Liv.

»Ja.«

»So richtig doll?«

»Ja«, Adrians Antwort klang leicht amüsiert, »nach allen Regeln, die die Kunst gebietet.«

»Das hast du gut gemacht.« Sie lächelte.

»Meinst du, dass du laufen kannst?«

»Ich denke schon.«

»Gut. Dann bringe ich dich nach Hause. Komm.«

Vorsichtig richtete sie sich mit seiner Hilfe auf.

All ihr Ärger und Groll ihm gegenüber waren verflogen.

ADRIAN

»Da bist du ja«, sagte Liv leise und zauberte Adrian damit ein Lächeln auf sein Gesicht, als sie sich am Brunnen wiedersahen.

»Hast du dich gut erholt von dem Überfall?«, fragte er und deutete auf den Bluterguss.

»Ja, es geht mir besser. Hier und da zwickt es noch ein bisschen, aber das ist nichts.« Sie lächelte ihn an.

»Können wir irgendwo in Ruhe reden?«, fragte er. »Ich bin dir Antworten schuldig und ich bin bereit, sie dir zu geben.«

»Wir können zu mir gehen. Ann ist bei ihrem Freund. Ich habe also sturmfreie Bude.«

»Sturmfrei?«, fragte er irritiert.

»Meine Wohnung ist leer. Es ist niemand da, der uns stören wird.«

Er nickte. Nicht nur die Welt war stets im Wandel, auch die Sprache war es.

Sie hatten es sich, jeder mit einer großen Tasse Tee vor sich, in der Küche bei Liv zusammengesetzt. Adrian hatte versucht, ihr zu erklären, was NEW LENDT wirklich ist.

Liv war nicht auf den Kopf gefallen und glaubte, das große Konstrukt sofort erfassen und bewerten zu können.

»Ganz ehrlich, du bist doch nur der Sklave dieses durchgeknallten, machthungrigen Despoten, König in einer eingefrorenen Zeit. Du meinst wirklich, das ist erstrebenswert? Da lebe ich doch lieber kürzer, aber dafür richtig.«

Adrian trafen ihre Worte hart. Wie konnte sie es wagen, so über ihn zu urteilen?

»Hast du nie die Schönheit eines einzigen Augenblicks empfunden? So etwas kann man nicht konservieren. Siehst du das denn nicht?«, fuhr sie fort.

Kurz blitzten Bilder von Brida vor seinem inneren Auge auf, wie sie beide im Sonnenschein vor ihrer Hütte saßen. Ihre Hand wohlig warm in der seinen ruhend. Ein Moment absoluter Zufriedenheit und Glückseligkeit. Gequält zog er die Stirn kraus, als ein Gefühl von Trauer begann, die in goldenes Sonnenlicht getauchten Erinnerungen mit einem schwarzen Nebel zu überziehen.

»Aber ich sehe mich gar nicht als Sklave«, antwortete Adrian zögerlich.

»Okayyy. Gut. Als was siehst du dich?«, neugierig sah sie Adrian an.

»Ich habe meinem Fürsten vor vielen Jahren die Treue geschworen«, antwortete Adrian.

»Erzähl mir davon«, hakte sie nach. »Wie kam es dazu?«

Zunächst sehr stockend, dann fließender begann Adrian zu schildern, wie er und seine Mutter Teil des Herrschaftssystems von Roland von Eichenthurm wurden.

»Ich habe es anfangs abgelehnt und alles in mir sehnte sich danach, zu fliehen. Als ich aber sah, wie meine Mutter wieder Glück und Freude empfand, als Siegfried in ihr Leben trat, dachte ich nicht mehr an eine Flucht. Es ist meine Pflicht, meine Mutter zu beschützen und Roland von Eichenthurm zu dienen. Und ganz ehrlich, meine Aufgabe ist sehr spannend und reizvoll. Sie fordert mich heraus und lässt mich wachsen.« Er machte eine kurze Pause und fuhr dann fort: »Obwohl es heutzutage nicht mehr besonders anspruchsvoll ist. Die Menschen sind stumpf und, verzeih mir den Ausdruck, langweilig, irgendwie abwesend und nicht richtig wach. Außer dir«, fügte er stirnrunzelnd hinzu und betrachtete sie aufmerksam.

»Das glaube ich dir nicht, dass dir deine Aufgabe immer nur Freude und Spaß bereitet«, erwiderte Liv sanft.

»Wie kommst du darauf?«

»Ich habe in deinem Gesicht und in deinen Augen gelesen. Es lässt dich nicht kalt.«

Adrian war irritiert. Wieder flammten in seinem

Bewusstsein Sequenzen von Bildern gepaart mit Emotionen auf: Brida, und wie sie sich küssten, von tiefer Liebe durchdrungen, hoffend, dass dieser Moment ewig dauern würde, dann der pure Schmerz, als Erinnerungen über den gewaltsamen Tod seines Vaters auf ihn einströmten, dann die Wiedersehensfreude, als seine Mutter in Ketten auf das Gut von Roland von Eichenthurm gebracht wurde, Bridas Tod. Adrians Augen füllten sich mit Tränen. Nach wie vor hatte er den Blick nicht von Liv abgewandt. Als eine Träne seine Wange hinunterlief, strich Liv ihm diese zärtlich aus dem Gesicht. Adrian fühlte sich zutiefst hilflos.

»Willkommen im Jetzt«, sagte Liv behutsam und nahm seine Hand in die ihre. Dann fuhr sie fort: »Und nun lass uns sehen, was wir daraus machen können.«

LIV

Die Nachricht traf Liv wie ein Schlag in die Magengrube. Ihr Telefon hatte sie aus dem Schlaf geklingelt und als sie auf dem Display las, dass es ihre Mutter war, hatte Liv unmittelbar eine Befürchtung gehabt.

»Mum?«

»Liebes, dein Vater …« die ersten Worte hörte sie noch klar und deutlich, dann verwischten sie in ihrem Kopf.

Liv räusperte sich.

»Sorry, Mum. Kannst du bitte wiederholen, was du gesagt hast? Was ist mit Dad?«

»Er hatte einen weiteren Schlaganfall. Sie haben ihn ins Krankenhaus gebracht. Er liegt im künstlichen Koma auf der Intensivstation.«

»Ist es sehr schlimm, Mum?« Livs Stimme zitterte.

»Ja, Schatz. Ich denke schon. Kannst du kommen?«

»Natürlich Mum. Ich nehme den nächstmöglichen Flug.«

Sie war wie betäubt. Als sie versuchte aufzustehen, gaben ihre Knie nach. Sie musste sich setzen. Sie fühlte die Angst, wie sie ihren Körper lähmte. Nein, Dad, bitte nicht. Ich möchte dich nicht verlieren!

Liv konnte für vormittags einen Flug vom Flughafen Berlin Brandenburg nach London ergattern. Von dort aus nahm sie den Zug. Eine knappe Stunde nach dem Umsteigen in King's Cross fiel sie ihrer Mutter im Bahnhof von Cambridge in die Arme.

»Danke, dass du gekommen bist, Livy.«

»Gibt es was Neues von Dad? Wie geht es ihm?«

»Er ist auf der Intensivstation. Die Ärzte sagen, dass sie ihn nach dem Vorfall lieber noch im künstlichen Koma halten.«

Liv war erschüttert. Wann hatte sie ihren Vater eigentlich das letzte Mal gesehen? Mit ihm zu telefonieren war immer schwer gewesen. In der Regel hatte er sie gleich an ihre Mutter weitergereicht.

Vorletztes Weihnachten? Liv überlegte. Ja, seitdem war sie nicht mehr in Cambridge gewesen.

ADRIAN

»Wo warst du? Wir waren verabredet.« Er wollte nicht vorwurfsvoll klingen, doch ausgesprochen erschienen ihm die Worte wie eine Anklage. Er war ihr wirklich nicht böse, sondern einfach nur froh, sie wiederzusehen. Ehrlich gesagt hatte ihn ihr Fortbleiben in große Unruhe versetzt.

Er hatte Liv am Märchenbrunnen entdeckt, nachdem er Tag um Tag dort und bei ihrer Wohnung nach ihr Ausschau gehalten hatte. Als auch in der Dämmerung kein Licht in ihrem Zimmer erschienen war, hatte er sich ernsthafte Sorgen gemacht.

Liv schaute ihm direkt in die Augen. Sie hatte geweint und wirkte verzweifelt.

»Was ist passiert?«, fragte er und nahm ihre Hand.

»Mein Vater«, ein Schluchzen brach aus ihr heraus, »ist schwer erkrankt. Wir dachten erst, er hätte einen erneuten Schlaganfall erlitten, aber dann hat sich herausgestellt, dass er einen Hirntumor hat, und zwar genau hier.« Liv zeigte auf ihre linke Schläfe.

Adrian schluckte. Die linke Schläfe, das musste die Seite gewesen sein, auf der er vor Jahren den Extraktor bei Livs Vater angesetzt hatte.

Moment. Ihm wurde übel, als ihm ein Verdacht kam. War das die Nacht, bevor der Extraktor kaputt gegangen war? War die Extraktion an Livs Vater nicht die letzte gewesen, die scheinbar noch erfolgreich verlaufen war? Je länger er darüber nachdachte, umso sicherer wurde er sich. Ja, es musste die Nacht gewesen sein, in der die kleine Liv ihn ertappt hatte. Daran erinnerte er sich aus zwei Gründen so genau:

Als er nach der Rückkehr nach NEW LENDT den Extrakt in den Apparat gegeben hatte, hatte es ein lilafarbenes Aufblitzen gegeben. Das hatte er so noch nicht beobachtet. Es gab ein zischendes Geräusch, aber niemals einen lila Blitz. Der durchscheinende, ätherische Faden, der sich dann gebildet und sich ins Kuppelnetz eingefügt hatte, war ebenfalls lilafarben gewesen. Normalerweise waren die Fäden silbern. Diesen lilafarbenen Faden konnte er noch heute sehen, wenn er über das Gertraudentor zurückkehrte. Das Tor, durch welches ihm Liv heimlich gefolgt war. Ein seltsamer Zufall. Oder Schicksal?, sagte eine Stimme in seinem Kopf. Wenn er mit seinem Bernstein um den Hals den Kontakt zur Kuppel aufnahm, um den Durchgang zu öffnen, flammte ebendieser lilafarbene Faden gleich rechts des Durchgangs auf und erinnerte ihn schmerzlich daran, was bei seinem darauffolgenden Beutezug für die nächste Extraktion passiert war.

Es war der absolute Horror gewesen. Bereits kurz nach Starten des Extraktionsvorgangs hatte die Person begonnen, sich in Krämpfen zu winden. Er hatte die Extraktion sofort abgebrochen, aber dem jungen Mann bereits einen so großen Schaden zugefügt, dass er noch vor Ort verstorben war. Den leblosen Körper hatte er einfach im Park liegen gelassen und war panisch nach NEW LENDT zurückgekehrt. So etwas war zuletzt in den ganz frühen Experimentierphasen unter Gurgotte passiert. Irgendetwas stimmte mit dem Extraktor nicht. Glücklicherweise hatte Gurgotte von Eichenthurm vor seiner Abreise nach Hamburg ein Ersatzexemplar mit den Worten übergeben: »Hütet diesen Schatz gut. Hiervon hängt Euer aller Leben ab.«

»Muss ich wieder deutlicher werden, Adrian?«, war von Eichenthurms Reaktion auf den Verlust des ersten Gerätes gewesen. Mit rotem Gesicht hatte er mit der flachen Hand auf den Tisch geschlagen. »Wenn du nicht besser aufpasst, sind wir alle verloren! Das ist dir doch klar, oder etwa nicht? Muss Gretha erst wieder an den Pranger, dass du deine Arbeit ordentlich verrichtest?«

Adrian schob diese unangenehme Erinnerung beiseite. Jetzt, als er Liv im Arm hielt, dämmerte es ihm. Der Extraktor musste bei der Extraktion von Livs Vater bereits zu diesem Zeitpunkt einen Defekt gehabt haben, sonst wäre der lila Kuppelfaden nicht entstanden. »Hat dein Vater seit der Nacht damals irgendwelche Auffälligkeiten?«, fragte er vorsichtig.

»Er hatte in der Nacht einen Schlaganfall und musste für einige Tage ins Krankenhaus. Seitdem, so sagt meine Mum, leidet er unter Migräne.«

»Ist das alles an Auffälligkeiten?«, fragte er nun zunehmend beunruhigt.

»Vor ein paar Wochen habe ich meine Mum dazu ausgequetscht. Du musst wissen, mein Dad ist ein klassischer Haustyrann. Nur seine Meinung zählt. Kennst du den Spruch: Solange du deine Füße unter meinen Tisch streckst, tust du, was ich sage?«

Adrian nickte.

»So ein Typ ist er laut meiner Mum erst seit jener Nacht. Er soll vorher ein sehr warmherziger und empathischer Mensch gewesen sein. Der Schlaganfall hat ihn grundlegend verändert.«

Adrian war sich nun ziemlich sicher, dass die Erkrankung von Livs Vater die Folge seines Handelns war. Er fühlte sich schlecht und schuldig. Er hatte Mist gebaut und Livs Vater bereits in jener Nacht verletzt, ohne es zu merken. Und dass er nun noch schwerer erkrankt war, ging vermutlich auch auf sein Konto. Waren Livs Vater und der Tote am nächsten Tag die Einzigen, denen er so großen Schaden zugefügt hatte? Er stellte fest, dass er sein Tun schon lange nicht mehr hinterfragt hatte. Er war sich so groß vorgekommen, geschickt und wie ein Schatten agierend, wenn er seine Arbeit im Außen verrichtete.

Gezweifelt hatte er seit den frühesten Fehlversuchen nicht mehr, weder an sich noch an dem Vorgang des Extrahierens, bis jetzt jedenfalls. Während Liv sich an seiner Schulter ausweinte, stürzte er innerlich zusammen.

Was war er für ein Monster!

Welch Übel brachte er über die Menschen?

Tief geschockt starrte er ins Leere und streichelte über Livs Kopf.

»Bitte hasse mich nicht«, begann er schließlich, als sie sich in Livs Zimmer zurückzogen.

»Wieso sollte ich?« Liv sah ihn fragend an.

Adrian schaute unsicher zu Boden und dann wieder in ihr Gesicht. »Kannst du dir das nicht denken?«

»Ich weiß nicht, was du meinst.«

»Ich bin schuld daran, dass es deinem Vater nicht gut geht.« Er presste die Worte förmlich heraus, froh, dass er sie endlich über die Lippen bekommen hatte. »Du sagtest, dass dein Vater nach der Extraktion einen Schlaganfall hatte.«

»Ja, aber der war ja glücklicherweise nicht dramatisch.«

»Schon, aber er hatte einen. Und er hatte ihn, nachdem ich bei ihm war.«

»Ich weiß nicht, Adrian.« Er hatte das Gefühl, dass Liv dies nur sagte, um ihn zu beruhigen. Vermutlich dachte sie genau das schon die ganze Zeit über.

»Ich habe noch nie mit jemandem darüber

gesprochen«, sagte er leise und Liv schaute ihn aufmerksam an, »aber das Extrakt deines Vaters ist das Einzige im Kuppelgeflecht, das eine andere Farbe hat.«

»Okayyy«, sagte Liv gedehnt. »Was bedeutet das?«

»Was es bedeutet, weiß ich nicht. Vielleicht bedeutet es, dass bei der Extraktion etwas schiefgegangen ist.« Sein Horrorerlebnis der darauffolgenden Extraktion verschwieg er ihr. »Vielleicht bedeutet es aber auch, dass wir eine Chance haben, deinem Vater zu helfen.«

»Wir? Ihm helfen?«, fragte Liv ungläubig.

»Ja, wir zusammen. Und ja, deinem Vater helfen, weil sein Extrakt das Einzige im gesamten Kuppelnetz ist, dass ich genau lokalisieren kann.«

»Wenn ich dich richtig verstehe, glaubst du, dass du es umkehren kannst, dass mein Vater gesund werden kann, wenn er sein Seelenextrakt zurückbekommt?«, fragte Liv nachdenklich.

»Ja, genau das denke ich.«

Liv sprang auf. »Dann los! Lass uns keine Zeit verlieren und lass es uns zurückholen!«

Adrian blieb sitzen. Er teilte Livs Euphorie nicht, sondern war eher bedrückt.

»Was?«, fragte Liv herausfordernd.

»Das Ganze ist nicht so einfach und es hat einen Haken.«

Liv ließ sich wieder neben ihm auf das Bett plumpsen. »Welchen Haken?«

»Eigentlich zwei Haken.«

Liv rollte mit den Augen. »Und? Heraus damit!«

»Der kleinere Haken ist: Wir müssen nach Hamburg.«

»Das sollten wir schaffen können. Und? Was noch?«

»Der zweite Haken ist kompliziert.«

Liv starrte ihn an. Er spürte, dass sie ihn gerne schütteln wollte.

»Wir müssen Gurgotte, den Alchemisten, finden.«

»Der eure Kuppel entwickelt hat?«

»Ja, genau der.«

»Lebt der denn noch?«

»Vermutlich ja. Er hat für von Eichenthurms Vetter in Hamburg NEW LENDT II erschaffen.«

»Na dann, nichts wie hin. Lass uns packen!«

Liv war wieder aufgesprungen.

Doch Adrian zögerte. Es gab noch etwas.

»Was ist?«, fragte sie, als Adrian immer noch nicht in Aktion kam.

»Ich weiß nicht, wo genau NEW LENDT II erschaffen wurde. Bis vor vielen Jahren bestand ein reger Briefverkehr zwischen Johannes IV. und meinem Herrn. Dann ist dieser abgebrochen. Ich habe die Briefe zwar übermittelt, aber deren Inhalt nicht gelesen. Ich vermute, dass Johannes seinem Vetter Details über NEW LENDT II mitgeteilt hat. Aber ich weiß nicht, wie wir an sie herankommen können.«

Liv setzte sich vor Adrian auf den Teppich und schaute in Gedanken versunken auf ihre Hände, während sie an den Teppichfasern zupfte. Er war so froh, dass sie ihn nicht für das verteufelte, was er ihrem Vater angetan hatte. Er betrachtete sie. Wie schön sie war. Diese leuchtend blauen großen Augen, in dem ebenmäßigen Gesicht. Er legte den Kopf leicht schief. Liv schaute auf, erst fragend, dann verstehend. Sie stand auf, setzte sich auf seine Knie und küsste ihn. Ein Gefühl von Wonne und Glück durchströmte ihn.

»Ich denke, wir müssen Roland mit ins Boot nehmen.« Er ließ einzelne Haarsträhnen von Liv durch seine Finger gleiten, während sie eng aneinander gekuschelt in Livs Bett lagen.

»Puh, wie soll das gehen?«

»Ich kann ihn überzeugen, dass es wichtig ist, Gurgotte zu finden. Ich kann ihm weismachen, dass der Ersatzextraktor beginnt, Mucken zu machen und die akute Gefahr besteht, dass auch dieser kaputt geht. Ich weiß, welch große Angst er davor hat.«

»Hm, das könnte vielleicht funktionieren.«

»Ich muss ihn mit ins Boot holen, sonst tötet er meine Mutter. Das würde ich mir niemals verzeihen.«

Zurück in NEW LENDT fasste sich Adrian ein Herz und bat um ein Gespräch mit Roland von Eichenthurm.

»Herein! Adrian, was gibt es zu besprechen?«

Von Eichenthurm sah nur kurz auf und schien dann seine Aufmerksamkeit wieder den Papieren auf seinem Schreibtisch zu widmen. Auch so eine unschöne Charaktereigenschaft, dachte Adrian, seinem Gegenüber bloß nicht zu viel Raum und Bedeutung geben. »Herr, ich mache mir große Sorgen. Der Extraktor zeigt kurze Aussetzer.«

Von Eichenthurm hielt inne und Adrian beobachtete, wie er versteifte. Jetzt habe ich deine volle Aufmerksamkeit, dachte Adrian voller Genugtuung. Er hielt von Eichenthurms Blick stand, als dieser hochsah und fuhr fort: »Immer wieder kommt es kurzzeitig dazu, dass der Strom an ätherischem Extrakt abreißt. Bisher konnte ich den Vorgang stets wieder an gleicher Stelle fortsetzen, aber Ihr wisst, was mit dem anderen Extraktor geschehen ist.«

»Er ist defekt. Wenn der zweite auch ausfällt, ist alles verloren«, murmelte von Eichenthurm und starrte dabei durch Adrian hindurch ins Leere.

Dann wurde er plötzlich hektisch.

»Wir müssen etwas unternehmen, Adrian!« Panisch sprang er auf und lief wie ein eingesperrtes Raubtier auf und ab. »Irgendetwas müssen wir doch tun können! Nein, nein, nein! Das darf nicht sein!«, sprach er gebetsmühlenartig vor sich hin.

»Herr. Ich habe viel nachgedacht. Ich denke, wir haben nur eine einzige Chance.«

Abrupt blieb von Eichenthurm stehen und starrte Adrian an.

»Sprich! Los, heraus mit der Sprache!«

»Wir müssen Gurgotte aufsuchen.«

»Wie um alles in der Welt soll das denn gehen?«

»Ganz einfach: Ich werde nach Hamburg reisen und ihn suchen.«

»Nach Hamburg reisen? Weißt du, wie lange so eine Reise dauert? So lange wird die Kuppel nicht stabil bleiben können.« Schweiß stand auf von Eichenthurms Stirn.

»Herr, die Welt da draußen hat sich in einem Maße verändert, wie Ihr es Euch nicht im Traum vorstellen könnt. Es gibt mittlerweile Möglichkeiten des Reisens, die um ein Vielfaches schneller sind als die mühsame Fahrt über die Wasserwege. Es gibt ein monströses Fahrzeug, aus Metall geschmiedet, mit dem man in nur wenigen Stunden Hamburg erreichen kann. Sie nennen das Ungetüm Zug.«

»Namen sind hier nicht wichtig«, herrschte Roland ihn an. »Was bedeutet das für uns?«

»Das bedeutet, dass ich, natürlich abhängig davon, wie lange Gurgotte für die Reparatur des Extraktors benötigt, in nur wenigen Tagen, vermutlich sogar innerhalb nur einer einzigen Woche, zurückkehren werde. Das ist ein Zeitraum in der Außenwelt, den die Zeitkuppel entspannt überdauert. Ihr selbst werdet gar nicht bemerken, dass ich fort war.«

Von Eichenthurm lief wieder auf und ab.

»Wie ich es auch drehe und wende, du hast recht. Das ist unsere einzige Chance, zu überleben.«

Adrian atmete auf. Sein Plan schien aufzugehen. Doch dann kam der Haken. Immer musste es einen Haken geben.

Von Eichenthurm lief zurück hinter seinen Schreibtisch. Er zog einen kleinen Schlüsselbund aus der Hosentasche und schloss die unterste Schublade auf. Dieser entnahm er einen Stapel Briefe, die ordentlich gebündelt waren. Er öffnete die Schleife und griff den zuunterst liegenden Brief, entfaltete ihn und breitete ihn auf seinem Schreibtisch aus.

»Schau selbst Adrian«, forderte von Eichenthurm ihn auf, näher zu treten.

»Hier ist der Haken.«

Adrian trat heran und versuchte, die Zeilen zu entziffern. Es gelang ihm nicht. Irritiert sah er seinen Herrn an.

»Ja, Adrian. Genau das ist der Haken. Ich habe absolut keine Ahnung, was diese kryptischen Zeichen zu bedeuten haben, geschweige denn, wo NEW LENDT II erbaut wurde und wo sich die Zugänge befinden. Dies ist alles, was ich habe. Ein gottverdammtes Rätsel hat mir mein Vetter zukommen lassen.«

»Habt Ihr nicht versucht, es zu entwirren?«

»Nein. Warum auch? Ich hatte niemals vor, meinen Vetter in Hamburg zu besuchen.«

Adrian sog laut die Luft ein.

»Herr, ich vermute, dass es verschlüsselte Hinweise auf Ortsangaben sind. Gebt mir den Brief oder eine

Abschrift mit und ich verspreche beim Leben meiner Mutter, ich werde NEW LENDT II aufspüren und Gurgotte finden.«

ZEITACHSE

1250 – 1500 Spätmittelalter

1330 – 1418 Nicolas Flamel

1351 Geburt Adrians

1363 Adrian und Gretha werden auf Burg Eichenstein verschleppt, Adrian ist 12 Jahre alt

1364 Die große Jagd

1368 Roland von Eichenthurm wird nach Berlin berufen, Adrian ist 17 Jahre alt

1371 Gurgotte kommt nach Berlin

1374 Stabile Zeitkuppel

1375 Gurgotte reist nach Hamburg zum Aufbau von NEW LENDT II unter Johannes IV. von Eichenthurm

1618 – 1648 Dreißigjähriger Krieg

1626 – 1638 mehrere Pestepidemien

1630 Hinterhalt, Adrian wird niedergeschlagen und fällt bewusstlos in die Spree, erkrankt, trifft auf Brida

Jetzt Liv wird auf Adrian aufmerksam und folgt ihm, entdeckt NEW LENDT

DIE STADTTORE

Im Norden das *Spandauer Tor* am Ende der Spandauer Straße: Das mittelalterliche Stadttor befand sich seit dem 13. Jahrhundert am nördlichen Ende der Spandauer Straße und wurde im Jahre 1700 für den Bau der Garnisonkirche abgetragen.

Der Übergang befindet sich auf dem Garnisonkirchplatz.

Im Nordosten das *Oderberger Tor* oder *Georgentor*, später als »Königstor« bezeichnet, am Ende der Rathausstraße: Es befand sich ungefähr an der Stelle des heutigen Alexanderplatzes und wurde 1746 abgetragen.

Der Durchgang ist noch da, befindet sich aber ungeschützt auf dem Platz und ist in der Jetztzeit, wie die anderen Tore auch, von außen unsichtbar für den Betrachter.

Problem: Der Übertritt mitten auf dem Platz ist für Adrian zu gefährlich. Er würde entdeckt werden und deswegen nutzt er diesen Übergang nicht mehr.

Im Südosten das *Stralauer Tor* in Höhe der heutigen Kreuzung von Stralauer Straße und Littenstraße:

Im Rahmen von Umbaumaßnahmen wurde es 1732 verlegt. Heute gibt es von diesem Tor keine Spuren mehr.

Der Übergang befindet sich auf einem unbebauten Grundstück und ist durch Büsche und Bäume verdeckt.

Das war nicht immer so. Nach Abtragen des Tores war der Durchgang mal gut geschützt und mal freiliegend. Bei diesem Durchgang kann Adrian durch die kleine Klappe in der Tür des Übergangs zuvor abschätzen, ob er diesen Übergang nutzen kann oder doch besser einen anderen wählt.

Im Südosten von Cölln das *Köpenicker Tor* an der Roßstraßenbrücke am nördlichen Ende der Neuen Roßstraße:

Der Übergang ist nach wie vor gut nutzbar.

Im Südsüdwesten von Cölln das *Gertraudentor* an der Gertraudenbrücke, dort, wo heute die Gertraudenstraße über den Spreekanal führt:

Dieser Übergang ist nach wie vor gut nutzbar.

QUELLENVERZEICHNIS

Cobbers, Arnt
Kleine Berlin-Geschichte
Vom Mittelalter bis zur Gegenwart
Jaron Verlag GmbH, Berlin 2008
2., aktualisierte Auflage

Meier, Norbert W.F.
Berlin im Mittelalter – Berlin/Cölln unter den Askaniern
Berlin Story Verlag, Berlin 2012
2., aktualisierte Auflage

Stöver, Bernd
Geschichte Berlins
Verlag C. H. Beck oHG, München 2010

Vahldiek, Hansjürgen
Berlin und Cölln im Mittelalter
Studien zur Gründung und Entwicklung
Books on Demand GmbH, Norderstedt 2011

Dies ist eine rein fiktive Geschichte mit fantastischen Elementen. Sie findet lediglich Anlehnung an die geschichtliche Entwicklung Berlins. Sie erhebt keinen Anspruch auf Richtigkeit in der Interpretation des realen geschichtlichen Verlaufs.

DANKSAGUNG

André Kx – meine Insel und mein Zuhause. Ich danke dir von Herzen für deine unendliche Geduld mit mir. Ich weiß, dass Fantasy nicht dein Lieblingsgenre ist und trotzdem hörst du dir all meine Gedanken an und spinnst sie mit mir durch.

Tausend Dank Andrea von thiele-illustration.de, dass du auch bei diesem Projekt an meiner Seite stehst. Du begeisterst mich immer wieder, wie du meine Ideen so wundervoll umsetzt.

Meinen Beta-Lesern Pascale, Stefan und Susanne möchte ich für euer ehrliches Feedback danken. Ihr begleitet mich treu und tapfer seit den ersten Entwürfen.

Bettina, danke, dass ich mit dir über die abstrusesten Gedanken über Welten, Parallelwelten, technische Apparaturen zur Beeinflussung der Zeit und so vieles mehr philosophieren kann.

Nadin, danke für das Einfangen magischer Momente.

Danke Claudia, dass du mir in Bezug auf die Ausrichtung einer Jagd im Mittelalter hilfreich zur Seite gestanden hast.

Meiner Testlesegruppe des BVjA rund um Stefan Heiligtag (stefan-heiligtag.de) ein riesen Dankeschön! Stefan, Birgit, Eva S., Eva D., Erik, Johanna, Anja, Sonja – Danke für den liebevollen und wohlwollenden Umgang mit meiner Romanidee und für die vielen, so wertvollen Tipps.

Jana Beck von schreibtraeume-leben.at danke für deine Hilfe und dein großes Herz für Text und Autor. Dein Händchen für die Essenz eines Satzes oder eines ganzen Textes beeindruckt mich immer wieder.

Dem Team von BoD danke ich für die tolle Betreuung meines Buchprojekts, das geduldige Fragenbeantworten und die professionelle Begleitung durch den Veröffentlichungsprozess vom Lektorat, über den Buchsatz bis hin zum fertigen Werk.